■ ■ LA OTRA ORILLA

Marco Schwartz

El salmo de Kaplan

GANADOR DEL PREMIO NORMA
DE NOVELA 2005

El salmo de Kaplan

Marco Schwartz

Grupo Editorial Norma
www.norma.com
Bogotá Barcelona Buenos Aires Caracas Guatemala
Lima México Panamá Quito San José San Juan
San Salvador Santiago de Chile Santo Domingo

© Marco Schwartz, 2005
© de esta edición Editorial Norma S.A., 2005
Apartado Aéreo 53550, Bogotá
Derechos reservados para todo el mundo
Primera Edición: octubre 2005

Diseño de colección: Andrea Cuchacovich
Ilustración de cubierta: Francisco Villa Largacha
Armada: Blanca Villalba Palacios

Impreso por Imprelibros S.A.
Impreso en Colombia – *Printed in Colombia*

Impresión: octubre 2005

CC 22131
ISBN 958-04-8989-0

Prohibida la reproducción total o parcial por cualquier
medio sin permiso escrito de la Editorial.

Este libro se compuso en caracteres Vendetta

Schwartz, Marco, 1956-
   El salmo de Kaplan / Marco Schwartz. -- Bogotá : Grupo
Editorial Norma, 2005.
    ISBN 958-04-8989-0
    272 p. ; 21 cm. -- (Colección la otra orilla)
    1. Novela colombiana 2. Nacionalsocialismo - Novela
3. Historias de aventuras I. Tít. II. Serie
Co863.6 cd 19 ed.
AJF2383

   CEP-Banco de la República-Biblioteca Luis Ángel Arango

Contenido

Fiesta en el templo	9
Una idea extraordinaria	25
Como un lagarto feliz	35
Un cabo suelto	51
Una tarde en el club	61
La peste	75
El camino hacia la verdad	97
Don Otto y los elefantes negros	107
Nuestra Señora del Rosario	127
La familia. Los amigos	135
La revelación	153
Los preparativos	163
Shabat	173
Consejos	187
La llamada	195
Una venganza y un vaticinio	203
El contacto	215
Tres despertares	227
El encuentro	241
La lucha	255
Glosario de términos	265

Fiesta en el templo

El rabino Goldman se arregló la barba con la punta de los dedos, bebió un sorbo de agua y caminó con aire pomposo hacia el atril de madera que dominaba el centro del púlpito. Había llegado, después de dos días de celebraciones, el momento de despedir *Simjat Torá**. La pequeña y próspera comunidad judía de Santa María prorrumpió en una algarabía de cánticos y palmas, orgullosa de haber cumplido un año más la antiquísima tradición instaurada en Jerusalén por el sacerdote Esdras al regreso del exilio babilonio. *"Am Israel, am Israel, am Israel jai"*, retumbó la congregación detrás de la voz chillona del viejo Rosenblum, que desde la primera fila animaba a sus correligionarios agitando los brazos y brincando como un histriónico director de orquesta.

Los feligreses se habían volcado encima lo más selecto de sus armarios en observancia de una norma no escrita de etiqueta para las grandes festividades. Entre los hombres predominaban el traje a rayas con camisa de cuello ancho y los mocasines de hebilla gruesa. Las mujeres lucían atuendos cilíndricos hasta las rodillas y moño alto. Lea Berkovich,

---

* Los términos tomados del yídish y hebreo se transcriben según su pronunciación española.

la pelirroja, desató un alud de murmuraciones al presentarse con un vestido fucsia muy ceñido y de pronunciado escote, zapatos de tacón de aguja y la melena de leona revuelta sobre los hombros.

—No tiene ni diez meses de muerto su marido —susurró indignada una mujer a su esposo al paso de la 'Roja' Berkovich. El hombre observó de arriba abajo a la viuda, la siguió con la vista durante todo su trayecto hasta la butaca y, a modo de sentencia, esbozó una mueca de reprobación que a su esposa se le antojó poco contundente en relación con la gravedad de la ofensa.

Ramilletes de rosas y orquídeas ornaban el púlpito, por donde el rabino Goldman avanzaba lento y majestuoso, envuelto en un manto de oraciones blanco y de ribetes dorados que le caía en una catarata de seda hasta las pantorrillas. *"Am Israel, am Israel, am Israel jai"*, arreciaba el escándalo de la congregación a medida que el rabino se aproximaba a su destino. En lo alto del cielo raso, la araña de cristal de Murano refulgía con una intensidad especial, como si cada una de sus doscientas bombillas pretendiera animar por sí sola el ambiente festivo que reinaba en el templo.

La sinagoga Beit Eliahu era el orgullo de los judíos de Santa María. Construida sobre un promontorio de grava y coronada por un techo hiperbólico de seis picos en forma de Estrella de David, parecía un pájaro gigantesco a punto de emprender el vuelo. Los folletos turísticos la reseñaban entre los escasos sitios de interés arquitectónico de la ciudad, junto a la catedral inconclusa, el antiguo caserón de Tributos, un puñado de mansiones del viejo barrio aristocrático y un edificio espigado y curvilíneo que el ingenio popular había bautizado La Hembra. El concurso para la construcción de la sinagoga no estuvo en su día exento de polémica y enemistó durante muchos años a las familias de los dos arquitectos más reputados de la comunidad, los Rotnik y los Stein, después de que David Stein, en un arrebato de celos profesionales, acusara de inepta y analfabeta a la comisión evaluadora que adjudicó el contrato a su rival Carlos Rotnik. Pero eso es historia pasada y no conviene reabrir viejas heridas.

Desde el atril, el rabino Goldman pidió silencio con el brazo en alto para desvelar el misterio que año tras año mantenía la animación hasta el último instante del festejo: la identidad del Novio de la Torá. La distinción acarreaba el honor de recitar en voz alta, delante de toda la colectividad, el pasaje final de los Libros de la Ley, y su concesión solía encerrar señales acerca de los equilibrios de poder en la comunidad. El bullicio amainó y cedió paso a murmullos aislados, como dejan los aguaceros al escampar una llovizna tonta. Cuando sólo se oyó el rumor de los ventiladores distribuidos por los pasillos, el rabino paseó su mirada de ave rapaz por la congregación, acariciándose la barba en actitud reflexiva, y tras un par de minutos de calculado suspenso se detuvo en un hombre de mediana edad, semicalvo y corpulento sentado en la sexta fila.

—Weinstein —dijo, e hizo una señal para que el elegido acudiera a su lado.

La designación desató un renovado estropicio de cantos y palmas. Weinstein tosió con satisfacción, se incorporó con gran ceremonia de su asiento, se ajustó el nudo de la corbata, besó a su mujer en la mejilla y emprendió ufano el camino hacia el púlpito entre las palmadas de congratulación y las chanzas de sus amigos.

—*Mazel tov, mazel tov* —resonaba al paso del Novio de la Torá, que avanzaba henchido de orgullo como un pavo real, con su traje italiano, sus mocasines relucientes y su solideo de filigranas doradas, procedente, según alardeaba Weinstein, de una colección conmemorativa del trigésimo aniversario de la creación del Estado de Israel que había recibido la bendición personal del Gran Rabino de Jerusalén.

Jacobo Kaplan cerró de un golpe su libro de oraciones.

—Dios, cómo lo permites —masculló rojo de ira.

El rabino recibió con una sonrisa a Weinstein y lo condujo a la mesa ceremonial, donde aguardaban abiertos los rollos sagrados.

—Tú que eres el Señor de los Justos, cómo permites tanta injusticia —farfulló el viejo Kaplan con los dientes apretados, conteniendo con dificultad el grito que pugnaba por escaparle de la boca. Escrutó a su alrededor con la esperanza de encontrar algún rostro cómplice que compartiera su indignación, pero lo único que consiguió en el empeño fue acrecentar su abatimiento y su soledad. Desvelada la identidad del Novio de la Torá, los congregados habían vuelto a sus menesteres: los hombres departían animadamente sobre las últimas medidas económicas del Gobierno; los adolescentes, sentados en las últimas filas, concertaban planes para la noche en ciernes; los niños correteaban con alboroto por los pasillos; las mujeres, abanicándose, desmenuzaban con discreta voracidad el escándalo social del momento: el adulterio de Ana Fishman, la mujer del director del colegio Maimónides, con un futbolista argentino que acababa de incorporarse al Sporting Santa María. Algunos rezaban. Nadie parecía alarmado por la elección del

'Pote' Weinstein como Novio de la Torá. El propio Shímale Lejman, con quien compartiera tantos atardeceres diseccionando la Cabalá cuando la comunidad no era más que una gavilla de inmigrantes desorientados, atendía con mansedumbre senil el cántico de Weinstein, que con el apoyo solícito del rabino chapurreaba en hebreo, sin entender ni una palabra, los versículos que narran la muerte de Moisés después de haber contemplado la Tierra Prometida desde la cima del monte Nebo.

Jacobo Kaplan no esperó a que concluyera la fiesta. Levantó su corpulencia de la butaca y recorrió con expresión grave el pasillo central en dirección a la salida del templo. Le palpitaban las sienes. Rebeca, su mujer, que conocía a la perfección el significado de ese síntoma después de seis décadas de convivencia, lo siguió sin rechistar, esparciendo sonrisas nerviosas a ambos lados del pasillo.

Cuando llegaron al apartamento, a dos calles de distancia, ya los estaban esperando su hijo Elías y su nieta Lotty para la tradicional cena de clausura de *Simjat Torá*.

—Feliz fiesta —dijeron a coro, poniéndose de pie.

—¿Qué le ven de feliz? —rezongó el viejo desde el umbral, jadeando por el cansancio. Sin dar explicaciones sobre el motivo de su malhumor, besó con la mano la *mezuzá* claveteada a la jamba y se dirigió a la alcoba para guardar las prendas ceremoniales. En la soledad de la habitación, acomodó el solideo, el chal de oraciones y las filacterias en un pequeño bolso de felpa azul e introdujo con primor el envoltorio en un cajón del armario mientras susurraba una bendición. Cumplido el ritual regresó a la sala, se apoltronó con gesto enfurruñado en la butaca esquinera y fijó la mirada en el balcón, donde Rebeca había construido con sus manos hacendosas un prodigio botánico de rosas, jazmines y geranios. Elías se presionó con la mano el diafragma y resolló con agitación. Era su manera convencional de advertir que no estaba en disposición de soportar disgustos, mucho menos en esos momentos en que necesitaba toda la tranquilidad del mundo para desarrollar su más reciente proyecto, el que le permitiría a sus cincuenta y seis años paladear por primera vez el éxito después de media vida despilfarrada en investigaciones inútiles: la lente multifocal para la corrección del daltonismo.

—¿Qué pasa ahora? —dijo con irritación, acentuando la última palabra.

Jacobo Kaplan persistió inquebrantable en su silencio y no se inmutó cuando su mujer empezó a responder por él. Con su voz de gallina espantada, Rebeca contó que durante los dos días de celebración de *Simjat Torá* el rabino no había llamado ni una sola vez al viejo Kaplan para que leyera desde el púlpito algún fragmento de la Torá o para que abriera o cerrara las portezuelas del tabernáculo. Esos honores, reservados en otros tiempos a los más sabios y probos de la congregación, se los concedían ahora a personajes como Weinstein, "ese contrabandista que se pasa todo el día persiguiendo *curves*", o Moishe Baum, "un burro con plata", o León Leibovich, el 'Conde' Popó, ese lameculos que se cree un personaje porque su hijo se casó con la nieta de Aizic el Galitziano". Ellos eran los nuevos dirigentes de la comunidad, y el rabino, un joven y virtuoso orador graduado en la escuela talmúdica de Buenos Aires, se las arreglaba para ejercer sus funciones sin cuestionarles el poder.

—¿Saben cómo llamaban al rabino en la comunidad de Panamá, de donde lo echaron como a un perro por unos líos que tuvo? —dijo Rebeca. Sin esperar respuesta, exclamó—: 'Maquiavelo' —y repitió varias veces la palabra, riéndose de tan extraño apodo.

Elías esperó ansioso, silbando y tamborileando con los dedos sobre el bracero del sofá, a que su madre concluyera la exposición de los hechos. Entonces pronunció su veredicto.

—Basura —dijo con un ademán despectivo—. Que las moscas se ocupen de la basura.

Era su frase predilecta para referirse a los asuntos banales o indignos de atención, que en ese momento de su vida lo eran todos excepto la lente multifocal contra el daltonismo. Convencido de que esta vez le sonaría la flauta del éxito, había malvendido al primer postor su tienda de artículos de oficina con el fin de liberarse de las preocupaciones mundanas y dedicarse de lleno al proyecto que acabaría para siempre con el drama de millones de desgraciados que confunden el rojo y el verde. La nueva empresa científica le exigía continuos ajustes en el presupuesto familiar, que él resolvía sobre la marcha sin la menor vacilación. Hacía unas semanas se había dado de baja del club Hebraica tras anunciarse un aumento en la cuota mensual. "¿Para qué necesito ir al club, si desde que se fueron los Kaminer no tengo con quién mantener una conversación?", justificó entonces su decisión, sin atender la advertencia de su padre de que la principal víctima de la ruptura sería Lotty, que se hallaba en edad casadera. También había suprimido su contribución anual al Estado de Israel, con el argumento de que Moshé Dayán debía devolver primero al patrimonio nacional las piezas arqueológicas que, según diversas informaciones, atesoraba en su casa de Tel Aviv. Los compromisos comunitarios de Elías Kaplan se limitaban ya al pago de una anualidad a la *Hebra Kadisha*, sociedad encargada de los rituales fúnebres, y a una modesta contribución para el mantenimiento de la sinagoga, que no pisaba desde la celebración del *bar mitzvá* de su hijo, hacía más de diez años. En los últimos encuentros familiares venía amenazando con suprimir incluso este pago, con el pretexto de que no estaba dispuesto a sufragar la vida principesca que, en su opinión, se prodigaba el rabino.

Al escuchar a su hijo, Jacobo Kaplan no pudo contenerse más tiempo y dio por terminado su ostracismo. Rebeca había relatado la mitad de la historia; ahora él contaría la otra mitad, que era la que más pesaba en la composición química de su desconsuelo.

—Será basura —dijo sin apartar la mirada del balcón—, pero todos estaban en la sinagoga, con sus familias, juntos. Y sus familias, en vez de achicarse como la mía, se multiplican como las estrellas en el cielo.

Atisbando el chaparrón que se avecinaba, Elías se llevó de nuevo la mano al diafragma y volvió a resollar.

—Por favor, papá, no empecemos. No pagues aquí la rabia que has cogido en otro lado.

—En otro lado... —dijo con acidez el viejo Kaplan, haciendo con la cabeza unos movimientos pendulares que tenían la particularidad de sacar a su hijo de casillas.

—Sí, en otro lado —gritó Elías—. ¿Qué te he hecho yo? ¿Qué te hemos hecho para que estés con esa cara?

—Ahora resulta que soy yo el de la cara —dijo el viejo con el rostro aún vuelto hacia el balcón.

—¿Y entonces quién es el de la cara? ¿Yo?

Lotty se puso de pie y amenazó con marcharse. No

estaba dispuesta a soportar la habitual artillería de recriminaciones entre su padre y su abuelo, que por algún mecanismo infalible de la dialéctica familiar siempre conducía a un debate sobre las causas de su soltería.

—¿Es esto lo que buscabas? —increpó Elías a su padre señalando a Lotty, que permanecía vacilante en medio de la sala sin saber si irse o quedarse.

Edith, la empleada doméstica, apareció justo a tiempo para evitar el naufragio de la velada.

—Ya está la cena —dijo desde la puerta de la cocina.

Rebeca se incorporó del sofá.

—*Shoin* —dijo—, a comer en paz.

—Hagamos el milagro —dijo su nieta, abrazándola.

Años atrás hubiera sido necesario alargar la mesa para acomodar a toda la familia; ahora el mueble se mantenía reducido a su mínima expresión geométrica: un círculo con cuatro sillas. Lo dominaba en el centro un candelabro de plata de siete brazos, en cuya base se leía la inscripción *Beshaná habá birushalayim*. Rebeca lo había comprado en Israel, durante el viaje que realizara con su marido una década atrás para celebrar sus bodas de oro. Sobre el mantel de hilo blanco de Lagartera relucían la cubertería de plata alemana y la vieja vajilla Rosenthal que Rebeca desempolvaba para las ocasiones especiales.

La familia se acomodó en silencio alrededor de la mesa, como si en lugar de celebrar un ágape se dispusiese a atender una ceremonia fúnebre. El viejo Kaplan clavó la mirada en el pan trenzado y recubierto de semillas de ajonjolí que reposaba junto a la botella de Manischewitz, mientras que Elías persistía en sus ruidosas aspiraciones de aire. Cada cual se consideraba ofendido y esperaba del otro una señal de desagravio. En un esfuerzo por serenar los ánimos, Lotty preguntó por las últimas noticias acerca del 'Profesor', sabedora de que el tema apasionaba por igual a su abuelo y a su padre, y retiró el candelabro de la mesa para librar de obstáculos el desarrollo de la conversación.

Días atrás, un semanario francés había desvelado la existencia en Suramérica de una organización secreta denominada Aurora, que estaba construyendo una red política, militar y financiera para el renacimiento del nazismo. Su cabecilla era un anciano enigmático al que apodaban Profesor. Poco más se sabía con certeza del personaje, aunque en torno a su persona se tejían todo tipo de conjeturas. Contó el viejo Kaplan que la última novedad del caso la había aportado un historiador local en el informativo radiofónico del mediodía al relacionar al Profesor con el episodio del Stern, el célebre barco de bandera alemana que en las postrimerías de la guerra atracó en el muelle de Santa María presuntamente cargado de oficiales nazis que huían del hundimiento del Tercer Reich. El historiador sostuvo que el Profesor formaba parte de ese grupo de fugitivos y dijo estar en posesión de indicios razonables para afirmar que el cabecilla de Aurora no se hallaba en la Amazonía brasileña, como aventuraban los periodistas de la revista francesa, sino que tenía su comando operativo en Santa María o en alguna otra localidad de la provincia menos expuesta al escrutinio de los cazadores de nazis.

Edith, que tenía por costumbre seguir desde la puerta de la cocina las conversaciones familiares, escuchó aterrorizada el relato de su patrón.

—Jesús —dijo persignándose a la velocidad del rayo—. Mientras el tal Profesor no sea el alemán de la playa.

El viejo Kaplan giró con dificultad la cabeza hasta que la empleada entró en su campo visual.

—¿Alemán? ¿Qué alemán?

Con voz alterada, Edith contó que algún tiempo atrás solía pasar los domingos en La Concha, una playa popular del sur de la provincia, muy próxima a los campos de sal de Galeras. En más de una ocasión almorzó en un restaurante llamado La Estrella, al pie de la playa, al final de la calle que baja desde la carretera principal hasta el mar. El establecimiento era en realidad una casa modesta, como cualquier otra del pueblo. Tenía paredes amarillas y en su terraza se levantaban dos cobertizos alargados de palma que protegían del sol a los comensales. No era el único restaurante de La Concha. A lo largo de la playa, sobre la estrecha franja de arena, se erigía una hilera de cabañas donde los bañistas podían beber cerveza y comer el invariable menú de mojarra con patacones. Además, en el corazón del pueblo, a muy poca distancia de La Estrella, había una cantina con mesa de billar que a determinadas horas funcionaba como salón de almuerzos. En comparación con los demás establecimientos, La Estrella mantenía cierto aire de distinción que corroboraba con unos precios algo más elevados que los de la competencia. Los lugareños se referían al propietario del restaurante con el apelativo del 'Alemán'. Era un anciano huesudo, con aspecto de extranjero, que se pasaba todo el día tumbado en una hamaca, fumando en pipa y leyendo.

—Ese señor nunca atiende —dijo Edith—. Lo único que hace es leer y leer. Las que trabajan son una señora gruesa y morena, así como yo, y una muchacha, una preciosidad de niña, que también es morena, pero de pelo claro y ojos verdes.

El timbre estridente del teléfono interrumpió el relato de la empleada. Rebeca se precipitó al aparato, levantó el auricular y, al comprobar que se trataba de una llamada de larga distancia, comenzó a chillar. Era una vieja costumbre que no había perdido a pesar de que Santa María contaba desde hacía ya varios años con un sistema moderno de telefonía que permitía hablar en susurros con el otro confín del mundo. Al reconocer la voz de su interlocutor, miró a su familia con la expresión arrobada de quien acaba de presenciar un milagro.

—Es Isaaquito —gritó, y volvió a concentrarse en el auricular, que aferró con las dos manos presa de una intensa excitación.

Su hijo menor, que disfrutaba con su esposa de un crucero por el mar Egeo, llamaba desde la isla de Kíos para desear a todos un feliz fin de *Simjat Torá*. Dijo que debía hablar con premura porque se encontraba en una fiesta típica incluida en el paquete turístico y tenía a sus espaldas una larga fila de personas que esperaban su turno para llamar. Cuando colgó, Rebeca lloraba.

—Nunca se olvida de llamarnos, aunque esté en el fin del mundo —dijo, y pidió a Lotty que le localizara la isla de Kíos en un viejo atlas con el que llevaba más de veinte años siguiendo el itinerario de un hijo que hacía tiempo había dejado de pertenecerle.

Jacobo Kaplan siguió royendo el hueso de pollo, adusto, sin pronunciar palabra. Estaba habituado a las ausencias de su hijo, que siempre tenía a mano una excusa para justificar su falta: vacaciones inaplazables en los parajes más remotos, enfermedades de nombres raros que le impedían desplazarse a tierra caliente y, las más de las veces, obligaciones empresariales que lo forzaban a permanecer en la capital, donde administraba la próspera fábrica de textiles de su suegro multimillonario.

—Supongo que el crucero tendrá sinagoga —dijo Elías con sarcasmo y observó de reojo a su padre para ver cómo le había sentado el comentario.

El viejo Kaplan permaneció imperturbable, mirando hacia el centro del mantel y mordisqueando el hueso del pollo.

Una idea extraordinaria

JACOBO KAPLAN QUEDÓ ESA noche en vela, sumido en una desolación tan honda como las penas de Job. De repente lo asaltaba la triste sensación de que la vida que había construido paso a paso y con descomunales esfuerzos se agrietaba en sus mismos cimientos, como esos edificios elevados y de sólida apariencia que se resquebrajan al menor temblor de tierra a causa de algún error en el diseño de sus zapatas. En la comunidad ya no gozaba de la consideración de otros tiempos, cuando, a falta de rabino, le pedían que oficiara ceremonias matrimoniales o dirimiera litigios entre sus correligionarios. De la familia sólo recibía tribulaciones y disgustos. Para colmo de males se encontraba viejo y enfermo: un enfisema pulmonar que se agravaba con los días le dificultaba la respiración y le provocaba enormes fatigas al andar; la artritis ya sólo le permitía accionar como una torpe pinza los dedos pulgar e índice de las manos, y una confabulación de cataratas y glaucoma lo arrastraba de modo inexorable hacia la ceguera.

Hundido en la butaca, observó su mano derecha, que temblaba sobre el bracero. Intentó extender los dedos, pero no lo consiguió. La mano permanecía agarrotada, remisa a las órdenes que emanaban desde el cerebro, como si fuese un cuerpo extraño al organismo del que formaba parte. El viejo se preguntó, embargado por la nostalgia, en qué se había convertido esa extremidad carnosa y salpicada de lunares, tan laboriosa y fuerte en otros tiempos. La observación de la mano arrastró al anciano a una cascada de pensamientos que nunca antes habían ocupado su cabeza, poco amiga de enredarse en introspecciones inútiles que sólo contribuían a añadir amargura al dolor. A la mente le vino el hotelito de dos plantas de Curaçao donde un correligionario rumano, podía ver perfectamente su rostro, pero no recordaba su nombre, ¿cómo se llamaba?, ¿qué había sido de él?, le habló de Santa María, una ciudad que hasta ese momento jamás había oído mencionar. "¿Para qué te vas a meter en Nueva York? Allí no cabe ya un alma y la vida no es el cuento de hadas que dicen. Vete a Santa María. Ahí está todo por hacer. Más de un *yid* está cogiendo para allá". El rumano le proporcionó la dirección de un amigo suyo, David Reines, que se había marchado a Santa María hacía dos años y ya amasaba un pequeño capital como fabricante de ropa. Santa María, el muelle más largo que había visto en su vida, los latigazos inclementes del sol, la humedad sofocante que adhería como un pegamento la ropa a la piel, la vocinglería ensordecedora del puerto, los estibadores negros y mulatos acarreando por el terminal pesadas cajas y maletas, la expresión atolondrada de Rivke, que no entendía un pepino de cuanto sucedía ante sus narices. *"¿Vus is dus? ¿Afrike?"*. Apenas hubo tiempo para instalarse, menos aun para reposar, el tiempo apremiaba, había que trabajar, había que producir. De la noche a la mañana, sin hablar una pizca de español, vendedor a domicilio de ropa fabricada por el viejo

Reines, arrastrar el pesado tenderete de balineras por las calles, el calor opresivo, el viejo Reines, gran persona el viejo, bendita su memoria. Después, con los ahorros, el negocio propio, Modas Rebeca, el llanto de emoción de Rebeca al ver su nombre grabado en el letrero de la tienda, Rebeca, la buena de Rebeca, que entonces era una mujer fuerte y de cabellos negros, rebosante de vida y de sueños. Endulzados por el paso del tiempo desfilaron por la memoria de Kaplan días idílicos en que los correligionarios actuaban como una sola familia y ofrecían sus casas para la celebración de las fiestas, porque aún no se habían edificado la sinagoga y el club. Los ricos, que eran pocos y de fortunas verosímiles, se comportaban con modestia y estaban siempre prestos a auxiliar al correligionario en apuros sin hacerlo sentir un menesteroso. Él, Jacobo Kaplan, había llegado a ser un hombre próspero y, al mismo tiempo, uno de los miembros más respetados en la comunidad por su rectitud de juicio y sus conocimientos en historia judía, aunque en materia religiosa siempre había obrado con laxitud y en ocasiones sucumbía a la tentación de comerse una buena chuleta de cerdo. En el patio de su casa del barrio El Prado, un amplio caserón donde vivió hasta mudarse a las inmediaciones del club, casó a Jaím Lebovsky y la hija de Baruj Kremer, que entonces eran dos jóvenes sin un céntimo en los bolsillos y hoy, convertidos en potentados, apenas le dirigían el saludo las pocas veces que se dignaban a acudir al club. ¿Habría olvidado Lebovsky *die klaine* dónde contrajo sus nupcias? ¿Tan frágil puede llegar a ser la memoria humana? Como los pollos alimentados con maíz, los valores del respeto y la gratitud eran cosa del pasado. No sólo en Santa María: en Israel, los pioneros que construyeron en medio de tantas penalidades el país habían devenido en una imagen arcaica de la que se mofaban los financieros de Kikar David o los artistas mundanos que paseaban su vanidad por la calle Dizengoff. ¿Alguno de ellos había oído hablar de Yankel Kaplan, un joven polaco que emigró a Palestina y trabajó como un mulo en la desecación del pantano donde hoy se erige la sofisticada Tel Aviv? ¿Constaba en algún libro de historia que Yankel Kaplan perdió a un hijo en la epidemia de malaria del veinticuatro y que al año siguiente, más pobre que una rata, dejó atrás el sueño de un estado judío socialista y se marchó con su mujer a buscar mejor fortuna en América? ¿A quién interesaban esas historias? Lo único que importaba ahora era el dinero rápido. Y no en cualquier cantidad, sino en decenas, en cientos de millones. Un Rotschild pesaba mil bialiks en la balanza de valores. A propósito, ¿sabría hoy alguien decir quién fue Bialik? La comunidad había caído bajo el dominio de una generación de ricachones sin cultura ni sensibilidad, cuya máxima aspiración consistía en emular a la aristocracia criolla del Santa María Beach Club. El contrabando y otras actividades de difícil justificación habían ayudado a engrosar algunas de esas fortunas, pero ello no constituía impedimento alguno para que sus portadores ocuparan los más altos cargos de representatividad en la congregación. El Pote Weinstein, por no ir más lejos, presidía la junta directiva del colegio Maimónides. ¡Un burro conduciendo el tren de la educación! ¿Cómo se podía explicar semejante aberración si no como el resultado inexorable de un estado colectivo de locura o degradación moral? Algunos de esos ricos planeaban la construcción de una pequeña sinagoga para su uso exclusivo, con el pretexto de que les resultaba cada vez más complicado acudir todos los viernes al templo

Beit Eliahu. Mentiras: lo que pretendían era diferenciarse del resto de sus correligionarios, delimitar con nitidez las posiciones sociales para que no quedaran dudas sobre el sitio de cada cual en la congregación. Eso sí, en las grandes fiestas acudirían a la sinagoga grande para pavonearse ante el pueblo, como los emperadores romanos cuando visitaban sus provincias remotas en los jubileos. Así actuaban los nuevos ricos. Comparado con ellos, él, Jacobo Kaplan, era poco menos que un pobretón. Y ni qué hablar de su hijo Elías, que con sus quimeras de inventor iba camino de perder no sólo su presencia residual en la comunidad, sino su propia capacidad de supervivencia en el mundo. Lo peor del caso era que no vislumbraba posibilidad de salvación: el dinero había avasallado las viejas virtudes; las había convertido en polvo y ceniza, como quedó Jerusalén tras el asalto final de Nabucodonosor.

En todo este engranaje reflexivo construido por la mente de Kaplan había, sin embargo, una pieza que no encajaba: Lejman. ¿Cómo era que su viejo camarada Shímale Lejman, sin ser hombre rico y sin que lo fueran tampoco sus hijos, había logrado adaptarse al nuevo orden de cosas? A diferencia del Conde Popó, Lejman no necesitaba adular a los ricos para que estos lo saludaran con cortesía, incluso con respeto. De tanto en tanto, el rabino lo invitaba al púlpito para que protagonizara algún papel litúrgico; pero si no recibía ese honor, como ocurría la mayoría de las veces, mantenía la actitud serena y digna de un patriarca. Uno de los hijos de Lejman, Alberto, el biólogo, gozaba de gran estima en la comunidad, a pesar de que no era propietario de un lujoso apartamento en Miami ni sufragaba a sus hijos estudios universitarios en Estados Unidos. Sus nietos estaban lo que se dice bien casados —uno de ellos con la nieta del banquero Mesner, en la capital— y acudían con frecuencia a la sinagoga y al club. ¿Qué significaba todo esto? ¿Por qué Shímale Lejman había conseguido sobrevivir a la mudanza de los tiempos, y en cambio él, Jacobo Kaplan, naufragaba sin remedio, carcomido por la rabia y la impotencia? ¿Por qué el hijo de Shímale era capaz de mantener sus lazos con la congregación, y en cambio Elías no hallaba acomodo en ella? ¿Por qué los nietos de Shímale estaban todos casados bajo *jupá*, conforme a los preceptos, mientras que Lotty permanecía soltera y se divertía con extraños, por no hablar de Shmulik y Mina, que habían roto en añicos cuatro mil años de historia y se habían unido con gentiles? Atrapado en sus tortuosas cavilaciones, Kaplan dejó vagar la mirada por la sala. Observó el sofá de felpa que se extendía a lo largo de la pared opuesta, el cuadro de marco dorado que representaba a un rabino de luenga barba orando ante el Muro de las Lamentaciones, la mesita central de vidrio sobre la que reposaban pequeñas figuras zoomorfas de cristal, la sencilla lámpara de seis brazos que colgaba del techo, el televisor alemán de contrabando comprado cinco años atrás en San Andresito, y lo embargó la sensación melancólica de que cada elemento del mobiliario le recalcaba la inutilidad de su existencia. ¿Dónde radicaba el fallo? ¿En qué se había equivocado? Durante toda su vida había trabajado sin descanso, había levantado a sus hijos en unas condiciones de bienestar que él nunca conoció, les había sufragado los estudios en buenos colegios y universidades; había sido, en suma, un ejemplar cabeza de familia. ¿Por qué, entonces, se sentía como un hombre solo y sin simiente? Lo asaltaron unas ganas imperiosas de llorar, de liberar a través de los ojos la carga de dolor que acumulaba su pecho enfermo, pero el llanto no acudió en su auxilio. Por alguna razón que escapaba a su entendimiento, jamás había conseguido segregar lágrimas. Desesperado, gimió desde lo más profundo de su ser:

—Sálvame, Dios, que el agua me llega al cuello.

El anciano dio un respingo al oír su propia voz rompiendo el silencio de la madrugada. Aguzó el oído, temeroso de haber despertado a Rebeca, pero para su alivio no percibió ruidos procedentes del dormitorio. Intentó tranquilizarse, contener la angustia que crecía como un monstruo en su interior, y de modo instintivo estiró el brazo hacia la vieja radio de dieciséis bandas que reposaba sobre la consola. Con su pulso tembloroso sintonizó en onda corta La Voz de Israel, que con ocasión de las informaciones sobre la organización Aurora emitía en esos precisos momentos un programa especial en yídish sobre el destino de los jerarcas nazis tras la Segunda Guerra. Entre ruidos de oleajes y crepitaciones propios de la difícil captación de la frecuencia, Simón Wiesenthal, el cazador de nazis, evocaba el caso de Adolf Eichmann, que disfrutó de una vida apacible en Argentina hasta que agentes secretos israelíes lo localizaron y condujeron a Israel, donde fue juzgado y ahorcado. Para sacar clandestinamente a Eichmann de Argentina fue preciso retocarle las facciones con afeites, dotarlo de pasaporte falso y sedarlo con un potente narcótico de modo que pareciera un anciano enfermo, incapaz de articular palabra.

Kaplan atendió embelesado el prolijo relato de Wiesenthal. Lo había escuchado cientos, quizá miles, de veces y en las más diversas versiones; pero esa noche, por alguna rara circunstancia, resonó en sus oídos con una melodía desconocida. Al concluir el programa, apagó la radio, se incorporó trabajosamente de la butaca y salió al balcón con la sensación de haber recibido un soplo vital cuyo origen no alcanzaba a descifrar. Sus pensamientos se estrellaban caóticamente entre sí como las moléculas de un gas volátil en vía de explosión. Las calles estaban vacías; el silencio era tan rotundo que le permitía escuchar con nitidez su propia respiración. Aferrado a la baranda con sus dedos artríticos, contempló el cielo atiborrado de estrellas. Seguramente en una noche así Dios había llamado al patriarca Abraham para anunciarle que lo haría fundador de un gran linaje. *Ya no será más tu nombre Abram y será tu nombre Abraham, porque padre de muchas naciones te he hecho. Y te haré fructificar sobremanera, y haré naciones de ti, y reyes de ti saldrán. Y estableceré mi pacto entre yo y tú, y entre yo y tu descendencia después de ti en sus generaciones, por pacto perpetuo.* Mientras el viejo contemplaba extasiado el firmamento, anhelando en el fondo de su ser que Dios lo sorprendiese con una revelación, su mente, desprovista de defensas, fue asaltada por una idea extraordinaria. Una idea que sólo podía caber en la cabeza de un visionario o en la de una persona que ha perdido irremediablemente el juicio.

Como un lagarto feliz

DESPUÉS DE APURAR SU habitual desayuno de zumo de naranja, huevos revueltos y café, Jacobo Kaplan no se dirigió como de costumbre al sillón de la sala para seguir escuchando el informativo radiofónico, sino que se desvió hacia la puerta. Tenía los ojos abotagados por la falta de sueño, pero esa señal exterior no reflejaba en absoluto su estado de ánimo, que era excelente. Desde el umbral explicó a su sorprendida mujer que iba a pagar el catastro, sin darle tiempo de replicar que habían cancelado ese impuesto la semana anterior.

El contacto con el aire libre estimuló su euforia. La mañana había abierto luminosa y fresca. Olía a hierba húmeda. Algunos nubarrones grises acechaban en la lejanía, pero carecían de entidad para provocar más que una llovizna pasajera. En la esquina, Kaplan detuvo un taxi, un Pontiac destartalado, y pidió al conductor que lo transportara hasta la plaza de San Isidro.

—Volando —dijo el taxista, contento por haber conseguido tan pronto el *Nombre de Dios*. Por la ventanilla del vehículo, Kaplan se entregó a contemplar el mundo en fuga y dejó volar sus pensamientos imaginando cómo hubiera recogido la Torá la aventura grandiosa que emprendía en ese momento.

"Sucedió entonces que la amenaza se cernió una vez más sobre Israel. Y temiendo Yavé Dios por la suerte de su pueblo, se presentó envuelto en una nube a Jacobo Kaplan, hombre recto y justo, y le dijo: Los enemigos de Israel vuelven a rugir como fieras hambrientas a las que la sequía ha hurtado durante años el sustento. Yo te escojo, Jacobo, de entre todos los varones de Israel para que asumas en mi santo nombre la defensa de tu pueblo y lo liberes por los siglos venideros del peligro que hoy lo acecha. He aquí que irás al sitio denominado La Concha, donde la iniquidad tiene su morada, y con cadena de esclavo uncirás el cuello del que pretende sojuzgar a Israel.

Yaacov Kaplan se llevó temeroso las manos al pecho, y dijo: Señor, soy un hombre simple y entrado en años que sólo entiende de telas. ¿Por qué me eliges a mí para tan grande empresa?;

y Yavé Dios le respondió, diciendo: De todos los hijos de Israel que moran hoy sobre la tierra, no hay otro tan recto y fiel como tú. Harás, pues, según mi voluntad, y yo te protegeré en todo momento para que puedas llevar a cabo la misión que te he encomendado;

y después de hablar de ese modo, el espectro de Yavé Dios se disolvió en el aire como se desvanece una espiral de humo.

Al entrar en el dormitorio, Yaacov Kaplan habló con su mujer Rebeca, y le dijo: Dios me ha hablado;

y contó a Rebeca todo cuanto el Altísimo le había dicho en el balcón, y los dos se abrazaron y lloraron juntos. Y después de despedirse de su mujer, Yaacov Kaplan salió a la calle y tomó un taxi dispuesto a cumplir la misión que el Señor de los Ejércitos le había encomendado".

No estaba mal, pensó el anciano, embriagado de placer por la brisilla que generaba el taxi en su lento avance. ¿Con qué gran personaje lo equipararían las generaciones venideras? ¿Con Moisés? Tan sólo pensarlo resultaba una herejía: nadie podrá compararse jamás con el más grande de los profetas, el caudillo que liberó a Israel de la esclavitud en Egipto y entregó al pueblo judío las tablas de la Ley. Quizá su lugar en la constelación de héroes estaría junto a Yehuda Hamacaví o Shimón bar Cojva, una perspectiva en cualquier caso nada desdeñable. Mientras se regodeaba en sus pensamientos, Kaplan divisó la figura pequeña y regordeta de la vieja Sherman, que había salido en bata y pantuflas a regar el antejardín de su casa. Al pasar el taxi frente a la vivienda, la mujer levantó la cabeza sin dejar de alimentar sus plantas, ignorante del acontecimiento histórico que echaba a rodar ante sus ojos legañosos. Su miopía le impidió distinguir la mano que la saludaba desde el vehículo.

Mientras el taxista esquivaba grietas y baches, Kaplan contemplaba su barrio como si fuese un extraño que lo recorriera por vez primera. Se le antojó un vecindario apacible, moderno, arborizado, hermoso. ¿Qué más podía pedir a la vida? La vieja Sherman fue esterilizada en Auschwitz, perdió a toda su familia en los campos de concentración, sufrió los tormentos más terribles que quepa imaginar, y allí estaba, en su tranquilo barrio tropical, cuidando de sus plantas como una madre abnegada, encarnando en su elementalidad la fuerza avasalladora de la vida. Él, en cambio, no conoció el infierno de Auschwitz, pero tenía cercenada la capacidad para el disfrute de los placeres simples. ¿Cuándo fue la última vez que regó una planta? Todo el sentido de su existencia lo había cifrado en construir un linaje sólido y prestigioso, una estirpe de la que se dijera con admiración: "Estos son los descendientes de Jacobo Kaplan, que se fue muy joven de Polonia sin un cópec en los bolsillos y levantó con tesón una familia ejemplar". Cada paso de su vida lo había dado en función de ese objetivo supremo, ¿y qué había recibido a cambio? Una fuerza interior que acompañaba a Kaplan desde su juventud y que ya formaba parte de su engranaje instintivo se activó en ese momento para impedir que los pensamientos, todavía en fase embrionaria de divagación, desembocaran en una reflexión profunda sobre el sentido de la existencia.

—Sube la radio —dijo al taxista.

Las noticias constituían para el viejo Kaplan el escudo contra las voces internas, el amuleto contra las turbulencias del alma. Probablemente no había persona mejor informada en la comunidad judía que Kaplan. Cuando se encontraba en casa, pasaba la mayor parte del tiempo escuchando los informativos de la radio, atendiendo programas de debate en la televisión o desmenuzando el periódico. Por las noches, después de la cena, sintonizaba en onda corta un programa de noticias en yídish que emitía La Voz de Israel para América Latina. Además, estaba suscrito a una revista mensual de temática judía que editaban en la capital del país y a una revista trimestral en yídish que se publicaba en Nueva York. Ese interés por los asuntos de actualidad había contribuido en buena medida a cimentar la fama de hombre ilustrado que acompañaba a Kaplan desde los días fundacionales de la comunidad.

El viejo había recuperado ya su buen ánimo cuando se bajó del taxi en la plaza de San Isidro, un rectángulo de cemento con media docena de bancos de madera, dos acacias frondosas y una estatua del santo labrador en el centro. Desempañó las gafas con el pañuelo, echó un vistazo de reconocimiento a su alrededor y, sin nada mejor que hacer, compró el diario y se sentó en una banca a esperar la partida del bus. Un titular de grandes caracteres en la primera plana del periódico atrajo de inmediato su atención: "Yo curé de cáncer al Profesor". Leyó con avidez: "Un médico de Luruaco afirmó ayer, en declaraciones exclusivas a este diario, que hace alrededor de diez años atendió en su clínica particular al dirigente nazi conocido como Profesor. El facultativo, de nombre Ateneo Bermúdez, señaló que el paciente estaba aquejado de un cáncer de páncreas y acudió a su consulta para interesarse personalmente por un medicamento revolucionario que había desarrollado el galeno con componentes de jugo gástrico de cucaracha. El doctor Bermúdez contó que el enfermo, un anciano de aspecto extranjero que hablaba con dificultad el español, eludió durante toda la conversación revelar su identidad, pero un hombre de fisonomía andina que lo acompañaba y que parecía ser su asistente se refirió varias veces a él llamándolo Profesor. El doctor Bermúdez rehusó proporcionar más detalles sobre el encuentro, invocando la discreción que impone el juramento hipocrático".

Acompañaba la información una fotografía del doctor Bermúdez en guayabera, sosteniendo con ambas manos una urna de cristal abarrotada de cucarachas. La noticia tenía todas las trazas de ser la clásica patraña de un matasanos de pueblo ávido de notoriedad. Sin embrago, Kaplan apreció un destello de inteligencia en la mirada del médico, leyó con vivo interés la información, la repasó una y otra vez a lo largo del trayecto hacia La Concha y, al apearse del bus, arrancó la página, la dobló con delicadeza y se la guardó en el bolsillo. Que el Profesor hubiera ingerido jugo gástrico de cucaracha, reflexionó, constituía un dato digno de atención, habida cuenta de la portentosa capacidad de supervivencia de esos insectos milenarios.

Jacobo Kaplan no recordaba haber estado antes en La Concha. En alguna ocasión ya difuminada en su memoria había pasado un fin de semana con Rebeca en Solimar, un balneario al norte de la provincia, y se habían hospedado en un hotel con una terraza enorme donde tocaba una orquesta y la gente bailaba a la luz de la luna. Mientras contemplaba desde la carretera el paisaje radiante de la playa, con sus elevados cocoteros y sus cabañas de madera, el viejo cayó en la cuenta de que llevaba muchos años sin disfrutar de unas vacaciones. A la mente se le vino de inmediato su fiel Rebeca, que a esa hora estaría limpiando con una bayeta las porcelanas de la sala o regando las plantas de la terraza, y se reprochó por no compensar tanta abnegación con veladas en restaurantes, viajes de placer, pequeñas joyas o cualquier detalle que materializara el afecto que sentía por su mujer. Aunque no era un hombre rico, sin duda podría permitirse de vez en cuando algún gasto superfluo con tan noble fin. Pero no se dejó distraer por semejantes reflexiones. Nada debía apartarlo del objetivo que lo había llevado esa mañana hasta La Concha. Ya encontraría más adelante tiempo y disposición de ánimo para endulzar la vejez de su querida Rebeca.

Por una calle plagada de grietas y cráteres que dividía en dos al pueblo emprendió la cuesta abajo desde la carretera hacia la playa. Avanzaba con lentitud, protegiéndose del sol con el periódico. Cada tanto se detenía a descansar y recargar sus maltrechos pulmones. El calor y la humedad contribuían a intensificar la sensación de ahogo que siempre lo acompañaba. En el trayecto se cruzó con algunos lugareños que subían con andar cansino a la carretera para tomar el bus hacia Santa María. Tras una caminata fatigosa llegó al final de la calle y se encontró, tal como le había indicado Edith, con la casa amarilla de los cobertizos de palma. En una pared de la vivienda estaba pintado con letras rojas el nombre del establecimiento. Kaplan se percató de un detalle que le produjo un escalofrío jubiloso.

—Conque La Estrella —dijo, y repitió varias veces el nombre, orgulloso de su hallazgo.

Para evitar suspicacias y aparecer como un visitante más, el viejo se entregó a contemplar el paisaje con el codo apoyado en la balaustrada de cemento que rodeaba el patio del restaurante. De reojo, escrutaba el interior del establecimiento. En un rincón del patio, entre dos recios matarratones, colgaba una hamaca de colores desteñidos, pero nadie descansaba en ella. Tampoco advirtió señales de vida dentro de la casa. El pueblo entero, con sus modestas casas de cemento y techo de paja, parecía desanimado. Por las calles transitaban algunos perros famélicos y muy pocas personas, en su mayoría mujeres de aspecto fantasmal que cargaban palanganas con agua. A esa hora los hombres se encontraban en plena faena pesquera o trabajando como aparceros en las fincas vecinas.

Kaplan echó un vistazo a su reloj. A falta de un plan

concreto de acción, dirigió sus pasos a las cabañas que se erigían en la franja de arena. Todos los establecimientos permanecían vacíos, y al no ser fin de semana era poco probable que recibieran demasiados visitantes a lo largo del día. Se instaló en el primero de ellos, desde el que podría divisar con mayor claridad los movimientos en La Estrella, y ordenó una gaseosa al hombre flaco y desgreñado que acudió a atenderlo. Sin apartar los ojos de la vivienda de paredes amarillas, se dedicó a beber sorbos de la botella a la espera de que de un momento a otro irrumpiera en escena el alemán. Pero pasaban las horas y la ansiada aparición no se producía. Al mediodía, exasperado por la tranquilidad reinante en el restaurante e incapaz de seguir soportando el bochorno húmedo que lo hacía sudar a chorros, llamó al encargado de la cabaña con el propósito de sonsacarle alguna información. Señalando con fingida indiferencia hacia La Estrella, le preguntó por las cualidades culinarias del establecimiento.

—Parece que está bien —dijo el hombre flaco mientras espantaba con una bayeta las moscas que intentaban posarse sobre la mesa. Pero al advertir que estaba elogiando de buenas a primeras un establecimiento rival, consideró pertinente introducir alguna matización—: Eso sí, aquí entre nos, y que conste que no lo digo yo, sino que se lo he oído a mucha gente, la mojarra que venden ahí no es la propia. Puede que sea más grande, pero no tiene ese saborcito concentrado de la mojarra de verdad. Y los patacones tampoco son la gran vaina, porque como que les echan mucho aceite. La gente no se da cuenta, pero hasta las cosas más simples tienen su ciencia. Para que salga un buen patacón hay que saber cortar el plátano en tajadas que no sean ni tan finas ni tan gruesas y después hay que freírlo en el aceite justo, y ya se sabe que lo justo es más difícil de conseguir en la sartén que en los tribunales, aunque, la verdad sea dicha, con los magistrados de esta tierra no sabría decir yo qué es más difícil que qué.

Kaplan reprimió con esfuerzo el impulso de cortarle la lengua a ese parlanchín. Las circunstancias aconsejaban un ejercicio de paciencia, así que permitió al hombre explayarse a su antojo. Sólo cuando entendió que el monólogo había llegado a su fin, preguntó, esta vez sin sutilezas, por el dueño de La Estrella.

—¿Don Julio? —dijo el hombre flaco echándose la bayeta al hombro—. Si le digo la verdad, es un tipo raro. No habla con nadie. Se pasa todo el día tirado en la hamaca, leyendo sin parar, y no hay quien lo mueva de ahí. Su mujer, la Josefa, es la que trabaja de verdad. Ah, también vive con ellos la hija. —El hombre se inclinó sobre la mesa hasta acercar el rostro al de su cliente y susurró con picardía—: Una hembrita de las que hacen tirar baba.

Kaplan forzó una sonrisa para no decepcionar a su interlocutor y dirigió otra vez la mirada hacia La Estrella.

—Así que don Julio —dijo poniéndose la mano como visera—. ¿Qué más se sabe de él?

El hombre flaco miró de pronto con suspicacia a su cliente.

—Me parece que está muy interesado por el alemán, amigo —dijo—. ¿Está buscando algo en concreto? Si quiere vamos al grano y me pregunta lo que quiera saber, que si lo sé se lo digo, y si no, haya aquí paz y en el cielo gloria.

Kaplan se alarmó. De pronto lo asaltó el temor de que el hombre fuese un informante al servicio del alemán, como seguramente lo sería la mayoría de los habitantes del pueblo. Mirándolo fijamente a los ojos para imprimir sinceridad a sus palabras, le aseguró que no albergaba ningún interés particular por el dueño de La Estrella y sostuvo que había preguntado por él por la sencilla razón de que su establecimiento era distinto a los demás, circunstancia anecdótica que le había suscitado cierta curiosidad.

—Pues para mí que usted busca algo, amigo —insistió el hombre con una sonrisa socarrona—. Esa preguntadera suya no es normal.

Kaplan se disponía a formular una irritada contrarréplica, cuando el hombre señaló hacia La Estrella y dijo:

—Hablando del rey de Roma.

De la casa de paredes amarillas salía en ese momento un anciano enjuto, de barba cana, ataviado de camisa blanca manga larga y pantalón verde y coronado con una boina azul turquí. El hombre se detuvo en el umbral, miró al cielo a través de sus gafas de montura negra y estiró con pereza los brazos, y después se encaminó lentamente hacia la hamaca, a unos pasos de los cobertizos. Kaplan se estremeció al divisarlo y entornó los ojos en un esfuerzo por captar su figura con toda la nitidez que le permitieran sus mermadas facultades visuales. Allí estaba, a tiro de piedra, su presa, recibiendo como un lagarto feliz la luz del mediodía, convencido de que nada ni nadie le perturbaría los años postreros de su existencia. Más que odio, Kaplan experimentó una rara mezcla de respeto y temor ante ese individuo de aspecto frágil que parecía incapaz de matar una hormiga, pero que, con la misma mano con que ahora acariciaba unas lilas, no vacilaría en perpetrar la más salvaje iniquidad. La imagen tuvo una duración efímera. Al llegar a la hamaca, el anciano desapareció de la vista de Kaplan, que, sin embargo, siguió mirando hacia La Estrella con la boca abierta y la cara empapada de sudor.

—¿Qué le pareció?

La voz burlona sacó a Kaplan de su estado de conmoción. El viejo bebió un sorbo de gaseosa para humedecerse la garganta e intentó una vez más convencer al hombre flaco de que el dueño de La Estrella no le suscitaba ningún interés especial; pero todos sus esfuerzos se estrellaron contra un muro infranqueable de incredulidad y socarronería. Convencido de la inutilidad de su empresa, pidió la cuenta y se prometió obrar en adelante con mayor cautela para no alentar sospechas innecesarias. De vuelta hacia la carretera para tomar el bus de regreso a casa, pasó de nuevo junto a La Estrella, pero esta vez lo hizo por la acera de enfrente y no se detuvo a escudriñar el interior del establecimiento por temor a que lo delatara su curiosidad.

Esa noche, mientras jugaban su partida diaria de canasta en la cocina de la casa, Rebeca dijo a su marido con aire de indiferencia, al tiempo que arrojaba una carta:

—¿Dónde estuviste toda la mañana?

El viejo lanzó un naipe.

—Pagando el catastro.

Rebeca depositó sus cartas sobre la mesa, miró a su contrincante a los ojos y repitió la pregunta, esta vez con sequedad. Estaba segura de que su marido le ocultaba algo, no sólo por el hecho de que ya habían cancelado tiempo atrás ese impuesto, sino por la circunstancia mucho más reveladora de que por primera vez en muchos años no intentaba hacerle trampas en el juego. Jacobo Kaplan buscó una excusa más verosímil para justificar su ausencia matinal, pero las mentiras no acudieron a su lengua. Al fin se desmoronó ante la mirada inquisitiva de su mujer y, como un niño atrapado en una travesura, confesó con minucia notarial todo lo concerniente a la operación que había emprendido para capturar al alemán de La Concha. Habló del resurgimiento del nazismo, de hamacas sospechosas, de informantes disfrazados de camareros, de mojarras y patacones que servían de tapadera a una gigantesca confabulación antisemita. Dijo que tras la fachada del restaurante La Estrella, a sólo dos horas y media en bus de la ciudad, funcionaba el centro de operaciones del Profesor, que no sólo estaba vivo y coleando, sino que gozaba de espléndida salud. Rebeca lo escuchaba aterrada, con una mano sobre la boca y los ojos muy abiertos. No comprendía del todo el relato, pero intuía que se trataba de un asunto muy importante a juzgar por el tono de gravedad con que se expresaba su marido, a quien profesaba enorme respeto y admiración. Cuando el viejo concluyó su disertación, su mujer lo asió por las manos y le dijo angustiada:

—¿Y tú piensas hacer todo solo? ¿Vas a andar por ahí persiguiendo nazis así como estás? Mírate, estás enfermo, no puedes casi ni caminar. El doctor ha dicho que necesitas descanso.

Kaplan dirigió una mirada altiva a su mujer y dijo:

—Si yo no soy para mí, ¿quién es para mí? Y cuando soy para mí mismo, ¿qué soy? Y si no es ahora, ¿cuándo?

Rebeca no se tomó el trabajo de entender semejante galimatías e intentó disuadir a su marido de que llevase a cabo su descabellado plan. Lo primero que le vino a la cabeza fue sugerirle que pusiera el caso en manos de Simón Wiesenthal, el cazador de nazis.

—¿Wiesenthal? —replicó Kaplan—. ¿Puedes imaginar cuántos avispados deben andar estos días llamando a Wiesenthal con el cuento de que tienen localizado al Profesor? Wiesenthal... Que otros molesten a Wiesenthal.

Rebeca propuso entonces a su marido que buscara apoyo en la comunidad; pero el viejo no sólo rechazó el consejo, sino que, con voz intimidante, prohibió a su mujer que hiciera el menor comentario en el club acerca de su proyecto.

—¿Por qué no hablas con Isaaquito? —ensayó finalmente Rebeca, implorante.

—Isaaquito... —dijo Kaplan con una amargura que intentó disfrazar de desdén—. Deja tranquilo a Isaaquito. Que se dedique a buscarle clientes a su suegro, que ya me ocupo yo de buscar a los enemigos de Israel.

Sobrepasada por el curso de los acontecimientos, Rebeca se levantó de la mesa y se dirigió a la alcoba, donde rompió a llorar tumbada en la cama. Su marido fue tras ella arrastrando las pantuflas y se sentó a su lado en el borde del lecho.

—Esto lo hago por la familia, Rívkele, por ti, por Lotty, por Shmulik, por todos —le dijo acariciándole el cabello.

Cuando Rebeca hubo vertido todas sus lágrimas y se mostraba resignada a aceptar la nueva realidad del hogar, el viejo Kaplan quiso cerciorarse de que su plan permanecería en el más inexpugnable de los secretos. Tomó por las manos a su mujer, que se encontraba en ese momento arreglándose el pelo frente al espejo del tocador, y le dijo:

—Júrame por Shmulik que no le vas a contar a nadie mi plan.

Estaba convencido de que su esposa jamás rompería

un juramento mientras estuviese de por medio el nombre de Shmulik. Aunque el viejo Kaplan aseguraba querer por igual a sus cinco nietos, a nadie se le escapaba su predilección por Samuel, su único nieto varón, hijo de Elías, sobre cuyos hombros recaía la misión histórica de preservar el legado de los Kaplan en el seno del pueblo de Israel. De muy niño le enseñó a jugar ajedrez y lo inició en la lectura de la Biblia, y siempre festejaba sus ocurrencias llamándolo *groice klig*. Jacobo Kaplan había acariciado la esperanza de que su nieto fuese de mayor *jazán*, un oficio de alta estimación y bien remunerado, pero no le decepcionó que llegado el momento el muchacho optara por la arquitectura. Por el contrario, le regaló un costoso reloj de oro cuando entró a trabajar en la empresa constructora más importante de la ciudad, y solía vanagloriarse ante sus amigos de los éxitos profesionales de su nieto. Sin embargo, hacía unos meses, por alguna extraña razón, Samuel había tirado por la borda su promisoria carrera profesional, se había casado con una *goye* y se había marchado de un día para otro a España a buscar una mala hora, porque el viejo Kaplan pronosticaba que sólo eso, una mala hora, iría a encontrar su nieto en un país que expulsó a los judíos y construyó iglesias sobre las ruinas de las sinagogas. Todas las noches, antes de dormir, el viejo se asomaba al balcón de su alcoba e imploraba a Dios que guiara a Shmulik de regreso al seno de su pueblo; era el último favor que le pedía antes de descender a los abismos lóbregos y silentes del Calancala. Vencida, agotada, confundida, Rebeca formalizó el juramento de silencio, con la sospecha íntima de que eso que su marido llamaba plan era en realidad una locura colosal que tarde o temprano iban a pagar muy caro.

Un cabo suelto

El cabo Wilson Contreras se encontraba acodado en la barra, departiendo con su compañero de servicio, cuando una mano pesada y llena de lunares se posó en su hombro. Al girarse se llevó una sorpresa mayúscula.

—Carajo, esto sí que es un milagro —exclamó.

Tras apurar de un trago el contenido del vaso, miró de arriba abajo al recién llegado y dijo sin salir de su asombro:

—¿Qué hace usted por aquí?

Unos ojos traviesos bailoteaban en su rostro pequeño y huesudo. Llevaba el cabello lustroso de gomina, y un bigotillo ralo le bordeaba como un gusano el labio superior. Aunque de estatura mediana, su complexión endeble y estrechez de hombros le conferían un aspecto insignificante en comparación con su inesperado visitante, que le sacaba una frente en altura y tres agujeros de cinturón en volumen corporal.

—Te estoy buscando. Tu papá me dijo que estabas acá.

Contreras dio un paso hacia atrás para permitir el contacto visual entre sus dos acompañantes.

—Este es el hombre del que te he hablado tantas veces, el que nos echaba una mano —dijo a su compañero de servicio, que ostentaba también el distintivo de cabo.

Su colega asintió con la cabeza en señal de respeto y se echó un trago a la boca. El recién llegado tomó a Contreras del codo y le susurró al oído que deseaba hablar con él a solas. El policía se disculpó ante su compañero de patrulla, que guiñó un ojo en señal de comprensión, y condujo al visitante a una mesa apartada, donde los atendió una camarera ataviada con una falda ínfima y una camiseta de lycra que resaltaba la protuberancia de sus pechos. "El día en que a mí me maten, que sea de cinco balazos...", retumbaba por los altavoces.

—Para decirle la verdad, usted no pega en este sitio —dijo Contreras.

Los Compadres era una cantina apestosa a desodorante ambiental barato e iluminada por una luz verdosa que le confería una atmósfera inequívoca de prostíbulo. Sus paredes estaban decoradas con afiches de mujeres en bikini y equipos de fútbol. Al fondo del establecimiento reposaba una antigua mesa de billar, con el paño raído y salpicado de manchas. A esa hora, media tarde, aparecían en escena las primeras putas, con los labios pintorreteados y olorosas a pachulí, y se distribuían con expresión de tedio por las mesas y la barra.

Jacobo Kaplan nunca antes había entrado en Los Compadres, pese a que en la esquina de esa misma calle, frente a la plaza de San Nicolás, se encontraba Modas Rebeca, la tienda que había creado y explotado durante más de cuarenta años antes de venderla a un correligionario que había llegado del interior del país en busca de mejores vientos. Y ahora que entraba por primera vez en la cantina, su único deseo era huir de ese antro lo más rápidamente posible; así que fue al grano y preguntó a Contreras si estaba al corriente de las informaciones que se venían difundiendo sobre la organización Aurora.

—Algo he oído. Supongo que se refiere a ese lío que hay en Brasil —dijo el policía.

—Wilson, escucha —lo interrumpió Kaplan. Bajando la voz para que nadie más pudiera escuchar sus palabras, dijo—: Tengo localizado al jefe de la banda, ese que llaman Profesor. No está en Brasil, como dicen. Está más cerca de lo que te imaginas.

Contreras miró con cautela a su alrededor.

—Cuando te digo cerca, no me estoy refiriendo a este burdel de mala muerte —lo increpó Kaplan.

El policía, intrigado, le preguntó por el paradero del criminal, pero Kaplan reprimió su curiosidad obligándolo a escuchar antes el plan que había tomado forma en su mente. Relató a modo de introducción el operativo que desarrollaron veinte años atrás los servicios secretos israelíes para detener a Adolf Eichmann y llevarlo de modo clandestino a Israel. Animado por la expresión del agente, cuyos ojos chisporroteaban como los de un niño al escuchar un relato fantástico, el viejo acometió la segunda fase del discurso y propuso al policía que trabajasen juntos para repetir aquella hazaña. Contreras abandonó de golpe su estado de arrobamiento y miró al hombre que tenía enfrente con la prevención de quien escruta a un loco en potencia. Había recibido centenares de propuestas extrañas a lo largo de su trayectoria policial, pero ninguna tan descabellada como la de participar con un viejo polaco en el secuestro de un nazi. Y lo peor del caso era que no podía negarse de buenas a primeras a participar en semejante aventura, puesto que mantenía una enorme deuda de gratitud con el anciano que esperaba ansioso su contestación al otro lado de la mesa.

—Don Jacobo —dijo—, yo sé todo lo que usted ha hecho por mi papá, lo bien que se ha portado con él y con toda mi familia. Eso lo tengo siempre muy presente y espero pagarle algún día tantos favores. Pero lo que me pide es muy complicado. Puede acabar con mi futuro en la policía.

—¿Futuro en la policía? —dijo Kaplan—. Mírate, eres un muerto de hambre y nunca vas a ser otra cosa como sigas creyendo en pendejadas. ¿Cuántos años tienes ya? Esta es tu oportunidad para ser alguien en la vida y para que tu papá deje de trabajar como un mulo vendiendo baratijas en la calle. Ahí sigue el pobre Libardo, en la acera de Modas Rebeca, con el mismo tenderete de siempre, pero con la cabeza llena de canas y los riñones destrozados. Y tú como si nada, pensando en pajaritos preñados. ¿Quién va a ayudar a tu papá cuando ya no pueda más con sus huesos? ¿El gobierno? Futuro en la policía... ¿Sabes cómo viven los agentes que atraparon a Eichmann? Son héroes nacionales. Esos sí que tuvieron un futuro.

Más por ganar tiempo que por curiosidad, el agente inquirió de nuevo a Kaplan por el paradero del supuesto Profesor. El anciano le reveló entonces la existencia del alemán de La Concha, al que describió como un hombre refinado y culto que, por supuesto, no iba a enterrarse en una playa vulgar con el inocente propósito de vender pescado con patacones; contó a continuación la historia del Stern y sus inicuos pasajeros, aderezándola con los adjetivos más siniestros que desfilaron por su cabeza, y por último, con la rotundidad de quien remata un silogismo perfecto, desveló el descubrimiento que había hecho el día anterior: el nombre del restaurante del alemán, La Estrella, se correspondía con la traducción de la palabra alemana Stern.

—Blanco es y gallina lo pone —exclamó triunfal.

—Tampoco se pase —dijo Contreras—, que mi viejo llamó a su tenderete Apolo 11 y eso no significa que haya viajado en ese cohete ni en ningún otro. Don Jacobo, espero que no se moleste si opino que lo único probado en todo su relato es que hay un viejo con pinta de extranjero que tiene un restaurante en La Concha y que el restaurante se llama igual que un barco. No niego que la cosa tenga su curiosidad, pero de ahí al huevo queda un largo trecho.

—Wilson, ese hombre es el Profesor. No te exijo que me creas. Sólo te pido que investiguemos. Si no es el que buscamos, paramos la cosa de inmediato. Te aseguro que no estoy loco como para andar persiguiendo a una persona inocente.

Contreras agachó la cabeza y se entregó a las cavilaciones mientras acariciaba el vaso de aguardiente. El sentido común le aconsejaba declinar la oferta del viejo y no alterar bajo ninguna circunstancia el camino que había emprendido, si no hacia la gloria, sí hacia una modesta jubilación que le permitiría un desahogo en sus años de vejez. Pero otro sentido, denostado por su esencia insumisa y llamado despectivamente irresponsabilidad, le gritaba desde el fondo de su ser que atendiera la invitación del anciano, que sólo las aventuras extraordinarias desembocan en resultados extraordinarios, y que eso que llaman sensatez no es más que un disfraz de la cobardía. Don Jacobo siempre había sido hombre juicioso, nada propenso a la charlatanería; sus sospechas acerca del dueño del restaurante La Estrella merecían, cuanto menos, un margen de crédito. Tras una violenta pugna interior, durante la cual el viejo no le apartó la vista de encima, el policía extrajo finalmente del bolsillo de su camisa un pequeño almanaque. Era viernes. Las dos semanas siguientes las tenía a su libre disposición. Aunque había jurado a su mujer que aprovecharía los días de asueto para resolver ciertos asuntos domésticos pendientes, se comprometió con Kaplan a dedicarlos por completo a investigar al alemán de La Concha. Propuso emprender la operación el domingo con una visita de reconocimiento al lugar de residencia del sospechoso. Y, para reafirmar la seriedad del compromiso, dibujó con bolígrafo un círculo alrededor del día convenido.

—Sabía que no me fallarías, Wilson —dijo Kaplan. El viejo cubrió con sus manazas las manos huesudas del policía y dijo—: Tu nombre quedará grabado con letra de fuego en la memoria de Israel. Serás bendito ante los ojos de Dios y benditas serán tus generaciones hasta el final de los tiempos. Y cuando llegue la era en que las espadas se conviertan en arados y el león retoce junto al cordero, tu linaje será convocado entre los primeros para retornar a la tierra, porque Dios no olvida a los que ayudan al pueblo de Israel.

Después de escuchar tan rimbombante discurso, el cabo Contreras decidió aplazar para un momento más oportuno la prosaica discusión sobre los emolumentos que percibiría por su participación en la aventura. Bajo ningún concepto trabajaría por amor al arte, por la sencilla razón de que nunca podría amar la única arte que consideraba digna de tal nombre, que consistía en llegar con su familia a fin de mes.

Por la noche, Kaplan acudió como todos los viernes a la sinagoga, pero en esta ocasión atendió el servicio religioso con el corazón sereno y la mente imbuida de grandes designios. No sintió ardores en el estómago cuando el rabino saludó con efusión a Weinstein, ni cuando invitó al hijo de Moishe Baum al púlpito para que cantara la oración del vino, ni cuando una de las nietas del Conde Popó recitó con voz mimosa la bendición del pan. Muy pronto, con la captura del Profesor, llegaría la era mesiánica en que el mundo dejaría de estar al revés y resplandecería de nuevo el imperio de la justicia y la razón. Por primera vez en muchos años, Jacobo Kaplan se sentía a salvo de sus tormentos interiores.

Una tarde en el club

LA LUZ RADIANTE Y cálida de la mañana irrumpía con su poder vivificador por la ventana del baño. Bajo el agua fresca de la ducha, el viejo Kaplan canturreaba una alegre canción en yídish que había aprendido de niño en Radoszyce, la aldea polaca donde transcurrieron su infancia y juventud. Tumbada en la cama con la manta hasta el cuello, Rebeca escuchaba el bullicio con expresión pensativa, sin saber si alegrarse por el eufórico estado de ánimo de su marido o alarmarse por lo que constituía una conducta anormal en el hombre con el que había compartido casi toda su vida. Después de secarse con esmero, Kaplan se enrolló la toalla a la cintura, se ajustó la caja dental, que guardaba por las noches en un recipiente con agua y Listerine, y procedió a afeitarse. Mirándose al espejo, dejó vagar sus pensamientos y se vio como protagonista de una grandiosa ceremonia en la que le conferían el título de Gran Héroe del Pueblo Judío. Tras el acto acudía con su familia a la sinagoga y subían al púlpito para ser aclamados por la congregación. En la atropellada sucesión de imágenes que circulaban por su mente se vio también bajo un dosel de seda impartiendo la bendición matrimonial a su nieta Lotty, que contraía nupcias con el hijo del presidente de Israel. "La nieta de Yánkel Kaplan se casa con el hijo del presidente de Israel", murmuraban con admiración los asistentes a la boda, y todos los hombres y mujeres elogiaban la belleza de Lotty con palabras que rivalizaban en dulzura con el Cantar de Salomón.

Rebosante de energía y loción mentolada, Kaplan fue a la cocina, donde su mujer lo esperaba con los consabidos huevos revueltos y la taza de café. Como cada mañana, antes de acomodarse en la silla el viejo encendió la pequeña radio que reposaba sobre el aparador. En ese preciso instante, el locutor informaba de los últimos acontecimientos relacionados con la organización Aurora. Kaplan hizo señas a su esposa para que dejara de hacer ruidos en el fregadero y concentró la mirada en el aparato, en un intento por reforzar con los ojos sus facultades auditivas. Al escuchar la noticia, el semblante del anciano palideció y su entusiasmo se tornó estupor. La policía brasileña había descubierto en una casa abandonada de Taguatinga, cerca de Manaos, los restos mortales de un anciano al que los primeros indicios permitían identificar como el Profesor. El cadáver, en avanzado estado de descomposición, correspondía a un hombre de avanzada edad, enjuto y de aspecto extranjero. En la vivienda se había encontrado abundante documentación de temática antisemita, incluidos algunos panfletos con el ideario de la organización Aurora, así como banderas, uniformes, brazaletes y demás parafernalia nazi. El dictamen del forense revelaba que el viejo había fallecido como consecuencia de la ingestión de un potente raticida. Se trataba en apariencia de un suicidio, aunque la policía, como acostumbra decir en esos casos, no descartaba ninguna hipótesis. Al advertir la expresión de angustia de su marido, a Rebeca no se le ocurrió otra cosa que arrimarle aun más el plato para que continuara con el desayuno. El viejo lo rechazó con un irritado ademán y elevó el volumen del aparato para no perder ni una sílaba del resto de la información. Como si hubiese advertido por medios telepáticos la tribulación de su anciano oyente, el locutor aclaró que el hallazgo en Brasil pertenecía aún al terreno de las suposiciones. Incluso podía tratarse, dijo, de un montaje urdido por el propio Profesor para frenar las pesquisas sobre su paradero. Jacobo Kaplan sintió que retornaba de la muerte y descargó un sonoro resoplido de alivio; pero no quedó del todo tranquilo. La noticia procedente de Brasil encerraba una advertencia que no convenía pasar por alto: mucha gente, desde Punta Gallinas hasta Cabo de Hornos, andaba tras los pasos del Profesor. Por consiguiente, debía actuar con la máxima celeridad si aspiraba a ganar la carrera frenética que se había desatado a lo largo y ancho del continente para capturar al cabecilla de la organización Aurora. En todo este colosal enredo, reflexionó, sólo había una cosa cierta: Profesor no había más que uno. Y, en caso de duda, tenía más valor vivo, como lo estaba en La Concha, que muerto, como se decía que estaba en Brasil. De todos modos, para disipar cualquier duda, apiñó los dedos contra su sien y rogó a Dios que estuviera vivo.

A media tarde, después de una larga siesta, Kaplan decidió ir al club con el propósito de distraerse con una partida de dominó. Sentía la imperiosa necesidad de un rato de esparcimiento para digerir el cúmulo de emociones experimentadas en los últimos tres días. Acompañado de su mujer, llegó justo en el momento en que se estaban conformando los grupos de juego. Se sumó a sus compañeros habituales: Rafael Kligman, el zapatero Pinjas Alterman y Shlomo Leibovich, padre del Conde Popó. Tras ordenar una ronda de café al camarero, los cuatro viejos camaradas emprendieron la partida. Una algarabía infantil llegaba desde la piscina, situada a pocos metros del pasillo donde se emplazaban las mesas de juego. Más lejos, en la pérgola, las mujeres se dedicaban a chismorrear y rivalizar sobre cuál tenía los hijos más hermosos e inteligentes, mientras un viejo camarero español las atendía con diligencia.

Rafael Kligman abrió el juego y la conversación.

—Parece que encontraron muerto al Profesor —dijo colocando el doble seis sobre la mesa.

—Bien muerto esté —dijo Shlomo Leibovich, y estampó con fuerza una ficha.

—Que se pudra en el infierno —dijo Pinjas Alterman mientras estudiaba las piezas que sostenía con la mano. Su brazo aún exhibía el número que le tatuaron los nazis en Auschwitz.

Jacobo Kaplan colocó una ficha sin aportar ningún comentario.

—¿Y tú, Yánkel, no dices nada? —le dijo Kligman.

—Yo prefiero que esté vivo, para que lo juzguen en Israel y responda por sus crímenes —dijo Kaplan con los ojos clavados en la serpiente de mármol que se alargaba sobre la mesa.

—Que lo juzguen... ¿Para qué? —dijo Alterman—. Ya no hay pena de muerte en Israel. ¿Para que esté encerrado el resto de su vida como el japonés ese del aeropuerto y tengamos que mantenerlo y, encima, pagarle comida *kosher*? Justicia... ¿Quién ha tenido justicia con nuestro pueblo? El mundo no va a aprender nada, el mundo nunca aprende. Yo prefiero que lo maten, y si ya está muerto, que se pudra en el infierno.

—El mundo nunca aprenderá nada mientras no haya justicia —dijo Kaplan—. Justicia es lo que hace falta en este mundo podrido, y los judíos deberíamos ser los primeros en defenderla.

Los amigos de Kaplan se miraron entre sí, sorprendidos por el celo justiciero que se había apoderado de su compañero.

—¿Qué te pasa, Yánkel? Hablas como si quisieras meter a todo el mundo en la cárcel —dijo Alterman.

—A mí me parece bien que haya justicia —dijo Kligman—. Eso sí, siempre que no pase lo que pasó en Lodsz, donde un rabino ignorante que se las daba de rey Salomón estuvo a punto de partir en dos a un picaflor al que pretendían dos *curves*.

Todos celebraron la gracia, excepto Kaplan. Mientras los viejos se hallaban entregados a su tertulia, se acercó a la mesa uno de los nietos de Leibovich, un muchacho de buen porte, ataviado de polo verde, pantalones blancos y zapatos náuticos. Conducía de la mano a su pequeña hija, una rubia rolliza y pecosa que daba los primeros pasos. Tras pronunciar un saludo de cortesía, el muchacho acercó la cría a su bisabuelo, que la alzó en brazos y le estampó un ruidoso beso en la mejilla.

—Mi reina —dijo Leibovich. Y girándola hacia sus compañeros, dijo—: A que es más linda que la reina Ester.

Sonrojado por los aspavientos de su abuelo, el joven dijo:

—*Saide*, vengo a recordarte que esta noche tenemos la cena en mi casa. No nos vayas a fallar.

—Cómo voy a fallar —dijo Leibovich—. La familia es lo más importante.

—Con salud y por muchos años —dijo Alterman.

—Y con *guelt*, que también ayuda —apostilló Kligman frotando los dedos pulgar e índice.

Kaplan escuchaba la conversación con una sonrisa falsa que apenas lograba sostener en su rostro mediante un enorme esfuerzo muscular. Cuando el nieto de Leibovich se alejó con la pequeña en brazos, dijo el viejo Alterman:

—Qué *mentch*.

—Y bien casado está con la nieta de Aizic el Galitziano —dijo Kligman palmoteando el brazo de Leibovich.

—Tus nietos tampoco están mal casados —le retribuyó Leibovich.

—No me puedo quejar —dijo Kligman. Levantando el brazo izquierdo para exhibir su costoso reloj de manilla dorada, dijo—: Me lo regalaron por el cumpleaños. Es el que usa el cantante español, ese que es famoso.

Pinjas Alterman no quiso quedar a la zaga en la contienda de vanidades y contó jactancioso que su hijo menor, el cirujano plástico, lo había invitado a pasar unas vacaciones en su piso de Miami.

—*Mazel tov* —le dijo Leibovich—, no sabía que tu hijo tuviera piso en Miami. ¿Por qué lado? —Antes de que Alterman atinara a responder, le dijo—: Seguro que es en Aventoire, o algo así. El mejor sitio. Ahí ha comprado mi nieto. Quiere que vaya unos días, pero, la verdad, no estoy con fuerzas para moverme de aquí para allá como un bulto. Que disfruten los jóvenes, que para eso son jóvenes; a los viejos que nos dejen en paz.

—Eso —dijo Alterman—. Que nos dejen tranquilos y que Dios nos bendiga con una descendencia numerosa.

—*Umein* —apostilló Leibovich.

Kligman miró entonces a Kaplan, que permanecía en silencio frente a él.

—¿Y tú qué, Yánkel? —le dijo—. ¿Cuándo vas a aumentar la prole de Israel?

Kaplan, que solía ser el blanco preferido de las bromas de Kligman, se revolvió incómodo en su silla e intentó concentrarse en el juego. Con modos más delicados, Alterman siguió desbrozando la trocha abierta por Kligman.

—¿Qué pasa, Yánkel? ¿Por qué no se casa tu nieta? Es bonita y todavía quedan muchachos solteros. Por ahí anda el hijo de Buch, el panadero. No es rico, pero dicen que es un buen hombre.

—Una masa de buena harina —dijo Kligman en alusión a la gordura del aludido, y celebró con una carcajada su propia gracia.

Kaplan guardaba silencio con las mandíbulas apretadas. Los carrillos le latían al ritmo de su corazón iracundo.

Alterman adoptó entonces una expresión de fraternal preocupación e inquirió a Kaplan sobre otro asunto que era motivo de comentarios en la comunidad.

—Yánkel, ¿por qué dejó el club tu hijo?

Kaplan no respondió. De ningún modo iba a alimentar con sangre de su sangre a esa manada de hienas hambrientas.

—¿No se siente a gusto con los nuestros? —insistió Alterman, posando afectuoso su mano sobre el brazo de Kaplan.

—El hijo de Yánkel es un intelectual. Los intelectuales andan en cosas importantes, los burros venimos al club —dijo Kligman y otra vez festejó su propio chiste.

Jacobo Kaplan no estaba dispuesto a aceptar que unos ignorantes le tratasen como a un pobre fracasado, mucho menos cuando había sacrificado la tranquilidad de su vejez para salvar al judaísmo de la hecatombe. Así que depositó delicadamente las fichas sobre la mesa, se levantó de la silla, se caló el sombrero y dijo:

—Váyanse al infierno, *yajnes*.

Al alejarse, sus compañeros se preguntaron sorprendidos qué bicho lo habría picado para que actuara de ese modo inusual; pero, por más que forzaron sus cerebros, no consiguieron descifrar el enigma.

Jacobo Kaplan masticaba con parsimonia un trozo de arenque, mirando en silencio al vacío. Rebeca lo escrutaba de reojo, nerviosa, mientras sorbía el café. Intuía que un volcán humeaba dentro de su marido y entraría en erupción en cualquier instante. Cenaban, como casi siempre, una comida frugal en la mesita de fórmica de la cocina. Edith había bajado a su habitual reunión vespertina con las otras sirvientas del vecindario. Tras un largo rato de ensimismamiento, el viejo se llevó con pulso tembloroso la taza a la boca, bebió un poco de café, depositó con suavidad la taza sobre el plato, se pasó la servilleta por los labios y dijo:

—La familia de Shlomo Leibovich tiene una comida esta noche.

Rebeca siguió sorbiendo su café sin articular palabra. El volcán había arrojado la primera carga de lava.

—Su nieto, el que está casado con la nieta de Aizic el

Galitziano, se lo dijo en el club. Se acercó con su hijita, y Leibovich la cargó y dijo que era más linda que la reina Ester. Así dijo el cretino: más linda que la reina Ester.

Rebeca persistió en su silencio. Temía que el simple sonido de su voz quebrase la frágil válvula que mantenía represados los sentimientos de su marido.

—Y el hipócrita de Pinjas, con su cara roja, preguntándome por qué dejó Elías el club, como si le importara la suerte de Elías. Hipócrita. Lo que quiere es enterarse del chisme. Por qué no habla de su sobrino que está preso en Miami. De eso no habla el hipócrita Pinjas.

Rebeca perdió por una fracción de segundo el control sobre su lengua y dijo:

—Ya.

La sílaba, pronunciada con ánimo tranquilizador, actuó como un detonante. Kaplan pegó sobre la mesa un puñetazo que hizo derramar el café y saltar los cubiertos.

—Pinjas Alterman no sabe por qué dejó Elías el club, pero yo sí lo sé —gritó—. Lo dejó porque vive en las nubes, porque no le importa un pepino su familia, porque no le importamos nosotros, ni le importa Lotty, que ya verás que también termina con un *goy*. Como Shmulik. Como Mina. ¡Cuatro mil años de historia!

—No va a terminar con un *goy* —dijo Rebeca—. Todavía quedan muchachos en la comunidad.

—Sí, el hijo de Buch, el panadero —dijo con tono despreciativo Kaplan.

—¿Y qué? Es un buen muchacho. Puede que no sea rico, pero tú mismo dices que la plata no lo es todo en la vida. ¿No es lo que dices todo el tiempo?

El viejo sacudió la cabeza, irritado por la ligereza con

que Rebeca simplificaba su compleja doctrina sobre el significado de los bienes materiales. Él no censuraba a Buch por ser un hombre pobre, sino por ser un pobre hombre, que era muy distinto: una persona sin ambiciones, sin deseos de superación; un don nadie, en suma. Del mismo modo, el Pote Weinstein no era un hombre rico como presumía, sino un vulgar burro con plata. Posner, el de los perfumes, ese sí que era un rico respetable, porque, aunque nadaba en la abundancia, nunca alardeaba de su fortuna y siempre se le veía con un libro en la mano. Una flor intelectual en el desierto de la ignorancia. Ahora bien, ¿cómo era posible que un muchacho tan virtuoso estuviera casado con la nieta de Rosenblatt, esa vaca de Bashán que apenas podía andar bajo el peso de sus joyas? ¿Por qué razón Posner, si tan sensible era, nunca cortejó a su nieta Mina, perteneciente a una familia mucho más sensible a las manifestaciones del alma que los Rosenblatt? ¿Sería Poner en realidad un farsante? ¿O más bien resultaba que...?

—No entiendes nada —gruñó Kaplan a su mujer.

Rebeca comprendió que debía cambiar de línea argumental, y a su mente saltó una ocurrencia que expuso con nerviosa excitación.

—¿Por qué no convencemos a Lotty para que se vaya un tiempo a Israel? Le pagamos el viaje y le pedimos a tu sobrino Mordejai que la tenga en su casa. En Israel seguro consigue marido. La nieta de Goldsmith se casó con un sabra, todo un buenmozazo, y aquí está el muchacho, trabajando en la fábrica de su suegro, muy contentos todos.

—El hijo de Goldsmith tiene una empresa; el hijo de Jacobo Kaplan se pasa el día haciendo inventos que no sirven para nada. Ahora se le ha metido no sé qué de unas lentes. ¿En qué quedó aquel libro que estaba escribiendo sobre los científicos judíos? Te aseguro que no pasó de la primera página. Nunca termina nada de lo que empieza. En las nubes. Vive en las nubes.

—Puede ser que esta vez resulte; es algo con colores —intentó animarlo Rebeca.

—Inventos... —dijo Kaplan con un gesto de resignación—. Se va a volver Rotschild con esos inventos... ¿Sabes por qué pasa todo esto? Por haberlo mimado demasiado.

—Tú lo mimaste. Querías que fuera un intelectual. Le dabas todo lo que pedía. Si quería una bicicleta, le mandabas traer una bicicleta de Italia, la mejor del mundo. ¿Te acuerdas de cuando le compraste la bicicleta italiana? Y todo para que la reventara aquel camión en mala hora.

—Ahora resulta que fui yo el que lo mimó.

—¿Quién le compró la bicicleta italiana?

—Déjame en paz.

La peste

Tras una noche desapacible, durante la cual no dejó de removerse en la cama, Kaplan despertó con el pecho agitado por una intensa excitación. Se sentó en el borde de la cama y permaneció un rato inmóvil, acezando como un perro enfermo, hasta que se sintió en condiciones para acometer la segunda fase del proceso de incorporación. Antes se apiñó los dedos de la mano derecha en el entrecejo y, cubriéndose la cabeza con la mano izquierda, pronunció en susurros el *Modé aní*.

En el baño, tarareó bajo la ducha antiguas canciones en yídish. Parecía haber olvidado por completo el disgusto del día anterior en el club y las noticias sobre el hallazgo del supuesto cadáver del Profesor. El canto lejano de un gallo, que se filtró por la ventana entremezclado con el aire fresco de la mañana, contribuyó a intensificar su sensación de gozo. Después de vestirse y enjuagarse en agua de colonia, Kaplan acudió silbando a la cocina, donde devoró con inusual apetito el desayuno bajo la mirada atenta de su mujer, que lo escrutaba en silencio con los ojillos obstruidos por las legañas. Una voz interior aconsejaba a Rebeca transgredir la promesa de confidencialidad formulada a su marido y alertar a su hijo Isaac sobre los últimos acontecimientos familiares.

Con el estómago satisfecho y el corazón alborozado, Kaplan besó en la frente a su mujer, ajeno por completo a sus tribulaciones, y abandonó el piso. El contacto con la calle estimuló sus sentidos. Aspiró una bocanada de aire, compró el periódico a un voceador que pasaba en bicicleta y tomó un taxi con dirección a la plaza de San Isidro. El periódico informaba en su primera plana del hallazgo del presunto cadáver del Profesor, pero, a la vez, mantenía abierta la hipótesis de que el criminal seguía con vida en algún lugar de Suramérica. Kaplan suspiró con alivio al comprobar que ninguna de las especulaciones sobre el paradero del dirigente nazi hacía mención de La Concha.

—Al final, ¿qué pasa con el Profesor ese? —dijo el taxista al observar de reojo la noticia que atraía el interés de su cliente—. Ya uno no sabe a quién creerle. Unos dicen que está vivo, y otros, que está muerto. Y, que se sepa, la única persona que puede estar las dos cosas a la vez es el hombre enamorado.

Sentado junto al taxista, Kaplan devolvió la pregunta.
—¿Tú qué opinas? ¿Está vivo o muerto?

El conductor escupió por la ventana y sacó el brazo para indicar un giro.

—Para mí que ese hombre está bien vivo —dijo.

La contundencia de la respuesta sobresaltó a Kaplan.

—¿Por qué lo dices? —dijo ansioso, empeñado en erigir a ese interlocutor circunstancial en oráculo propicio. Al taxista no se le escapó la importancia que el viejo concedía a su dictamen y ello estimuló su propensión a la teatralidad. Después de soltar un nuevo salivazo por la ventana, dijo:

—Lo digo porque no me fío de los brasileños.

Kaplan lo miró desconcertado.

—Todos esos brasileños que contrató el Sporting a precio de oro y que llegaron con bombo y platillo han resultado pura morralla —se explicó el conductor—. Mire nomás cómo va el Sporting, de penúltimo, y si se descuida va a quedar colero. Desde que tengo memoria nunca le había ido tan mal al Sporting. Por eso le digo que yo no les creo a los brasileños, y menos si son policías como los que dicen que encontraron al Profesor ese.

Apenas cuatro días atrás, Kaplan habría considerado semejante argumento un solemne disparate producto de una mente degenerada por siglos de alcohol y carnaval. Pero en ese momento le encontró una lógica admirable. En efecto, si los futbolistas brasileños, que representaban lo más selecto y talentoso de su país, resultaban un fiasco, ¿qué podía esperarse de unos policías desnutridos y mal remunerados de un pueblucho perdido de la selva amazónica?

—Eres más sabio que Eitán el ezrajita y casi tanto como el rey Salomón —exclamó el anciano, pletórico de felicidad por la constatación irrefutable que acababa de recibir de que el Profesor continuaba con vida. Poco después, al apearse del vehículo, dijo al sorprendido taxista en señal de gratitud que se quedara con el cambio. El conductor ordenó con curiosidad el caos de billetes gastados y monedas que le había entregado el cliente, contó unos y otras, y cuando conoció el montante de la suma se asomó a la ventanilla y gritó:

—Viejo chiflado.

El clima tibio de la mañana auguraba un día agradable. En la plaza de San Isidro, los tenderetes ambulantes comenzaban su exhibición cotidiana de mercancía de contrabando. Los dos leones de yeso que custodiaban la biblioteca provincial parecían bostezar bajo los rayos incipientes del sol. Kaplan desempañó sus gafas con el pañuelo y echó un vistazo a su alrededor. No divisó a Contreras. Masculló una imprecación y se sentó jadeante en un banco de cemento, bajo la fronda de una de las acacias. Un cuarto de hora más tarde el agente seguía sin aparecer. El viejo oteó en todas las direcciones con la esperanza secreta de que su ansiedad atrajera al ausente, pero el fenómeno paranormal no se produjo. A las ocho de la mañana, un hombre flaco, ataviado con una camiseta vieja de propaganda política, anunció la partida del autobús. El motor del vehículo barritó como un elefante herido, y una humareda negra brotó del tubo de escape.

—Maldito, siete veces maldito, dónde estás, hijo de Baal —farfulló colérico Kaplan, propinando fuertes pisotones al suelo.

Mientras el anciano pataleaba y vociferaba, apareció Contreras por una esquina de la plaza, corriendo como un poseso y anunciando a gritos su presencia. Kaplan, enfurecido, subió al autobús y lo esperó adentro.

—Dónde te habías metido —dijo iracundo cuando el vehículo se hubo puesto en marcha.

—Tuve un problemita —respondió el agente—, pero no se preocupe, que ya está resuelto.

—¿Problemita? Borrachera es lo que tienes. La boca te hiede a aguardiente.

—Tampoco se pase. Anoche me tomé unos traguitos con mi cuñado, que estaba de cumpleaños. Pero ahora estoy como nuevo y con ganas de entrar en acción.

—Acción... En *schmacción* vas a entrar tú. Vergüenza te debería dar. Vergüenza te debería dar con tu padre.

Contreras consideró que el viejo estaba llevando demasiado lejos su reproche.

—Don Jacobo —dijo—, le pido encarecidamente que no me juzgue por el olor de la boca, que personas con peor aliento dirigen museos y nadie critica por eso su trabajo. Usted júzgueme por mi rendimiento, que es lo que cuenta. Mire todo lo que decían del presidente Núñez, que si andaba todo el día borracho, que si no se podía tener en pie, que si esto y si lo otro, y el hombre se jaló él solito la letra del himno nacional, que no es cualquier pendejada. Dicen que es el segundo mejor himno del mundo después del de Francia.

Irritado por los razonamientos del policía, Kaplan se giró hacia la ventana y murmuró una sarta de maldiciones en yídish. La corriente de aire exterior generada por el avance del autobús le refrescó la cara y contribuyó a apaciguar su ánimo.

Una muchedumbre bulliciosa y feliz se había dado cita en La Concha ese domingo. Empleadas domésticas, obreros, menestrales, estudiantes de colegios públicos, contrabandistas de poca monta, ociosos por la fuerza de las circunstancias, haraganes de vocación, todos se afanaban por exprimir la jornada con la avidez del sediento que apura hasta la última gota del cántaro. Unos jugaban al fútbol en la arena, otros se tostaban como iguanas al sol; estos bebían cerveza helada bajo las techumbres de paja, aquéllos se arrojaban como saetas contra el oleaje espumoso. De los aparatos de radio brotaban vallenatos, merengues y baladas, que se fundían en el aire armando un estropicio enloquecedor.

Kaplan y Contreras emprendieron el descenso desde la carretera hasta la playa, mezclados con el tropel vociferante de bañistas. El anciano caminaba entre resuellos y se detenía constantemente a tomar aire. Apiadado por el estado de su compañero, el policía le tendió la mano para que se apoyase, pero el viejo le replicó con sequedad que él podía valerse por sí mismo y que ciñese su colaboración a la captura del Profesor. Cuando ya se encontraban próximos al final del trayecto, Kaplan se detuvo en un recodo de la calle, desde donde se divisaba el patio de La Estrella.

—Ahí está —dijo jadeando.

En ese momento, el anciano de barba blanca y boina azul se bajaba con dificultad de la hamaca multicolor que colgaba entre los dos matarratones. Contreras se apartó a una explanada junto a la calle para ponerse a resguardo del incesante tráfico de vehículos, se colocó la mano a modo de visera y observó con atención los movimientos suaves y pausados del alemán hasta que, al cabo de unos instantes, la frágil figura entró en la casa de paredes amarillas. Kaplan se volvió entonces a su compañero y le dirigió una mirada apremiante para que emitiera su dictamen. El agente guardó un largo silencio, durante el cual no dejó de asentir con la cabeza en actitud reflexiva.

—Es curioso... —dijo por fin.

Kaplan se puso en guardia.

Sin apartar la vista del restaurante, el policía dejó transcurrir unos segundos más y dijo:

—Con este calor y en manga larga.

—¿Eso es todo lo que tienes que decir? —lo increpó el viejo—. ¿Te muestro al jefe de la organización criminal más peligrosa del mundo y lo único que tienes que decir es que va con manga larga? ¿Qué eres, un policía o una modista?

—No se lo tome a mal, don Jacobo, pero las pistas más simples son las que resuelven casi siempre los casos más complicados. Se lo digo por experiencia. Si quiere le cuento cómo resolvimos el crimen del sádico de los patines.

Kaplan no mostró el menor interés por conocer la historia y reemprendió enfurruñado el camino. Contreras lo siguió en silencio. Durante el resto del trayecto, el policía no dejó de preguntarse por las razones que podían inducir a un hombre a vestir camisa de manga larga en un clima inhóspito que sólo invitaba a andar en cueros. ¿Padecería acaso el alemán alguna enfermedad dérmica que le impedía exponerse al sol? No había que descartar esa posibilidad. Pero, si era así, ¿por qué calzaba abarcas en lugar de zapatos? Cuando alcanzaron el final de la calle, Kaplan sacó al policía de sus sesudas cavilaciones con un codazo discreto en las costillas.

—Stern —dijo gesticulando en dirección del rótulo de La Estrella.

Miraron de soslayo hacia el interior del establecimiento, pero no advirtieron movimiento alguno que despertase su atención, así que prosiguieron el camino hacia la playa. Kaplan aconsejó utilizar como base de observación la segunda cabaña. Tres días antes había estado en la primera y prefería evitar un nuevo encuentro con el dependiente. Se acomodaron en una de las mesas de madera y los atendió un muchacho descalzo, ataviado con un pantalón viejo y una camiseta con los colores de Sporting Santa María. El viejo ordenó una gaseosa y Contreras una cerveza helada. Ambos dispusieron sus sillas de tal modo que les permitieran mirar al mismo tiempo hacia el mar y hacia el restaurante Estrella.

—Ahí lo tienes —dijo Kaplan—. El comando del Profesor.

Contreras observó con los ojos entornados el establecimiento y, tras una rápida inspección, dijo:

—De momento dejémoslo en restaurante, que más parece comedero que comando.

Una mueca de irritación apareció en la cara de Kaplan.

—Usted me perdonará, don Jacobo —dijo Contreras—, pero yo sólo creo en lo que veo, que por algo me puso Dios los ojos por encima de los demás sentidos. Y si la vista no me engaña, aquello que se mueve no es un agente secreto, sino una mujer morena con una bandeja en la mano.

—Donde te puso Dios los ojos fue debajo de la frente, para que uses el cerebro al mirar. Y ya que hablas de sentidos, si tienes dos orejas y una sola boca es para que escuches el doble de lo que hablas, no al revés —le dijo Kaplan. De pronto pareció tomar conciencia de que se había sobrepasado en el reproche y añadió en tono paternal—: Wilson, los sentidos son como mensajeros que llevan y traen la información, pero no la analizan. Es la inteligencia la que hace ese trabajo, la que distingue entre realidad y fantasía, entre mentira y verdad. Por eso cuando Dios dijo al rey Salomón que le pidiera lo que quisiese, él no pidió otro ojo, sino sabiduría.

Contreras siguió viendo, pese a todo, un restaurante; sin embargo, desistió de polemizar con el viejo en un esfuerzo por rebajar la tensión que arrastraban desde primera hora de la mañana.

A medida que avanzaba la jornada, Kaplan se sentía cada vez más oprimido por el calor y la humedad. En un momento de desesperación, decidió quitarse los zapatos y los calcetines con el propósito de refrescarse. Contreras observó de reojo, con expresión de horror, los movimientos de su compañero; sin embargo, cuando los pies del anciano quedaron al desnudo, perdió el miedo y los contempló con serena curiosidad. Eran unos pies azulosos, algo hinchados y surcados de venas diminutas. Kaplan se volvió hacia el agente.

—¿Qué pasa? ¿Es que nunca has visto unos pies?

Contreras alzó la vista hacia su interlocutor y dijo con la excitación de quien acaba de realizar un descubrimiento feliz:

—No tiene cascos.

—¿Cascos? ¿Qué burradas dices?

—En el colegio nos enseñaron que los israelitas tienen cascos y cuernos por lo que le hicieron a Cristo —dijo el agente sin salir de su sorpresa.

—Pues ahora vas a ver mis cuernos —dijo Kaplan.

El viejo se inclinó sobre la mesa, de modo que el asustado agente pudiera contemplar su testa, y al apartarse con las manos el cabello gris quedó al descubierto una cicatriz enorme que le surcaba el cráneo.

—Tremenda raja —dijo atónito el policía—. ¿Cómo se la hizo?

—Peleando con los árabes en Palestina ¿Y sabes por qué peleé con los árabes en Palestina? Porque me fui de Polonia. ¿Y sabes por qué me fui de Polonia? Porque allá no dejaban en paz a los judíos diciendo que teníamos cascos y cuernos y bebíamos la sangre de los niños polacos en nuestras fiestas. Por eso me fui de Polonia. Porque no tenía ningún futuro. Esta raja que ves son mis cuernos.

El agente agachó avergonzado la cabeza.

—La verdad, no quería ofender —dijo—. Sólo dije lo que me enseñaron en el colegio.

Kaplan volvió entonces a su postura inicial y dijo mientras se arreglaba con los dedos el cabello:

—El único judío con cascos y cuernos que conozco es el director del colegio Maimónides, que es un burro y está casado con una adúltera. Y de esos los hay en todas las religiones, te lo puedo asegurar.

El restaurante La Estrella comenzaba a registrar un intenso trajín por la proximidad de la hora del almuerzo. Grupos de bañistas se acomodaban a las mesas y eran atendidos por la robusta mujer del alemán y por su hija. En medio del ajetreo, el alemán salió discretamente de la casa, se detuvo unos instantes frente a unos geranios que crecían en una maceta de barro y se dirigió hacia la hamaca, donde se tumbó a leer un periódico. Contreras consultó su reloj y dictaminó que había llegado el momento impostergable de observar de cerca al alemán.

—Vamos a comer en La Estrella —dijo.

—¿En La Estrella? ¿Estás loco? —dijo Kaplan—. Jamás le daré un centavo de mi bolsillo a ese criminal.

—Don Jacobo, el cebo que se le da al pavo en Navidad no es gasto, es inversión —dijo Contreras.

Sin quedar convencido, pero carente de propuestas alternativas, el viejo se puso los calcetines y los zapatos, pagó las consumiciones y siguió rezongando al agente.

El corazón embistió con violencia el pecho de Kaplan cuando entraron en La Estrella. La mujer del alemán los recibió con una sonrisa amable y los condujo a una mesa que, por los caprichos del azar, era la más próxima a la hamaca donde reposaba el dueño del restaurante. Kaplan ordenó una mojarra y una gaseosa. El agente pidió una sopa de mariscos y, de segundo plato, un pargo rojo con patatas, acompañado de arroz de chipichipi y una cerveza holandesa. Cuando la mujer se hubo alejado, Kaplan increpó a su acompañante:

—¿No podías pedir una mojarra? Tú mismo dijiste que había que aparentar normalidad para no llamar la atención y a la primera que puedes te comportas como un mafioso. Cerveza importada, arroz de chipichipi...

—Tampoco se pase, don Jacobo —dijo contrariado el agente—, ni que hubiera pedido caviar. Y le recuerdo de paso que nadie me ha dado hasta ahora un centavo por estar aquí y que mucho más cómodo estaría ahora comiéndome un sancocho en el patio de mi casa que metido en un berenjenal que ni me va ni me viene, porque, para serle franco, bastantes problemas tengo en la vida como para preocuparme por lo que haga o deje de hacer un Profesor del que ni siquiera he sido alumno. Así que si quiere búsquese ahora mismo otra persona que lo acompañe en esta investigación o como quiera llamarla y yo me vuelvo tranquilito a mi casa.

Kaplan se alarmó por la reacción del policía.

—Wilson —dijo en tono conciliador—, yo no te critico por el gasto, sino por razones operativas. No es bueno comer mucho cuando se trabaja. Hay un proverbio judío que dice: comida abundante, pensamiento lento.

—Pues para dichos me quedo con el de barriga llena,

corazón contento, que no sé quién lo inventó, pero se ajusta más a la naturaleza humana. Y si he pedido mucho o poco ya lo dirá mi estómago, que conoce a mi hambre como una madre a su hijo —replicó Contreras aún ofendido.

Kaplan zanjó la discusión con un ademán de resignación y miró con disimulo hacia la hamaca que pendía entre los matarratones. El alemán había depositado en el suelo el periódico y estaba absorto en la lectura de un libro cuyas tapas verdes le ocultaban la cara y sólo le dejaban visible la boina. Kaplan pasó el pañuelo por sus gafas, volvió a colocárselas e intentó descifrar el título grabado en la vieja cubierta del libro. Pese al esfuerzo no consiguió su objetivo, así que pidió ayuda al agente Contreras. El policía miró hacia el libro con los ojos entornados, y al cabo de un rato de observación dijo:

—La verdad es que no entiendo lo que dice. Es un idioma raro.

—Te he pedido que leas, no que entiendas —le dijo Kaplan—. Tú dime qué ves, que ya me ocupo yo de entender.

Contreras volvió a entrecerrar los ojos y leyó con dificultad letra por letra. Cuando completó el título, una expresión de alarma se apoderó del rostro de Kaplan.

—Conque leyendo *Die Pest* —dijo el anciano—. Esto es muy grave.

Para saciar la curiosidad del agente, que reclamaba con los ojos una explicación, Kaplan dijo que el título significaba en español "La peste" y que no había que ser ningún adivino para colegir que el alemán se estaba documentando con la finalidad de construir un arsenal bacteriológico.

Al policía se le antojó excesiva semejante deducción.

—Usted me perdonará, don Jacobo —dijo—, pero eso es como si alguien oye "La Piragua" y lo acusan de andar preparando un ataque naval contra Venezuela. Además, no veo necesidad de tanta averiguación sobre armas bacteriológicas teniendo a mano la más mortífera de todas, que es el agua de Santa María. Los politiqueros roban ya con tanto descaro que no dejan ni para el cloro. No hay más que embotellarla y regalársela al enemigo.

Kaplan, irritado, retó al cabo Contreras a que ofreciera una explicación más verosímil sobre qué hacía un alemán en La Concha leyendo un libro llamado *Die Pest* en una hamaca al mediodía. En ese preciso instante, el agente vio por encima del hombro de su interlocutor que la hija del alemán se aproximaba con una bandeja abarrotada de manjares. Deseoso de comer tranquilo y disfrutar de una buena digestión, apaciguó a Kaplan con una fórmula de conciliación según la cual los argumentos de este, sin dejar de ser una hipótesis en el sentido formal del término, contenían todos los elementos lógicos para erigirse en verdad en tanto no se demostrase lo contrario.

El almuerzo discurrió en paz, aunque Kaplan no dejó de dirigir miradas intermitentes de reproche a las delicias gastronómicas que devoraba con fruición el cabo Contreras. A unos pasos de la mesa, el alemán continuaba absorto en la lectura de *Die Pest*. El único movimiento que se percibía en la hamaca era el del humo de la pipa que ascendía en volutas hacia el cielo límpido, donde danzaban algunas nubes blancas.

A Kaplan se le transfiguró el rostro cuando la mujer del alemán les trajo la cuenta. El montante excedía la suma mensual que pagaba por los servicios públicos. Repasó la factura de arriba abajo y de abajo arriba, guiándose con la punta del bolígrafo, y en todas las operaciones obtuvo para su decepción el mismo resultado.

—Una cerveza, quinientos pesos —exclamó.

—Por quince mil pesos se ha enterado de que los nazis están montando un arsenal bacteriológico. ¿Le parece mucho? —replicó Contreras, indignado—. Con esa plata ya no se compra en la policía información ni de una bicicleta robada.

Kaplan seguía absorto en la cuenta.

—Un arroz con chipichipi, tres mil pesos. ¿De qué son estos chipichipis? ¿De oro?

Cuando se levantaron de la mesa, el viejo apenas podía sostenerse en pie. Era su hora habitual de la siesta. Además, no había dormido con tranquilidad la noche anterior. Hacía denodados esfuerzos para mantener en alto los párpados y reprimir los bostezos. Enternecido por las manifestaciones de flaqueza del anciano, Contreras le dijo, palmoteándole con suavidad el brazo, que se marchara a descansar al pequeño parque que se divisaba desde el restaurante, mientras él se dedicaba a desarrollar algunas pesquisas adicionales antes de que cayera la tarde. Kaplan no se hizo rogar y fue con andar cansino al deteriorado parquecillo. Se tumbó de costado en un banco de cemento, a la sombra de una frondosa acacia, y, con el brazo plegado por almohada, se abandonó a sus ensueños de gloria al compás del chirrido de un columpio en que se balanceaba un niño flacuchento.

La tarde siguió impasible su curso. El sol descendió lentamente en el cielo, que fue mudando de color hasta adquirir una tonalidad cenicienta con tenues vetas anaranjadas. Una brisa suave acariciaba con delicadeza el rostro del viejo y agitaba como una llamita el mechón de pelo blanco sobre su frente. El bullicio de las chicharras aumentó progresivamente, al tiempo que las lagartijas de lomo irisado se ocultaban raudas en sus guaridas. A lo lejos resonaron los primeros rugidos de motores, preludio de la gran desbandada de domingueros. El estrépito se fundía con el rumor del oleaje y llegaba al parque convertido en un dulce arrullo. De pronto, un excremento de pájaro cayó en el hombro a Kaplan y lo arrancó de su letargo. El viejo abrió los ojos. ¿Cuánto tiempo había permanecido en esa banca? ¿Un año? ¿Un siglo? Se sentó, se colocó las gafas y, al echar un vistazo a su reloj, una expresión de alarma se apoderó de su rostro. Eran las cinco y media de la tarde. La primera palabra que se le vino con nitidez a la cabeza fue una maldición deuteronómica contra Contreras. El viejo se incorporó con pesadez del asiento y fue en busca del agente. No lo vio ni en La Estrella ni en la hilera de cabañas de la playa, que recorrió de ida y vuelta. Se dirigió entonces a la cantina Dos Gardenias, y allí sí que lo halló, en medio de un grupo ruidoso, con un taco de billar en una mano y un vaso de ron en la otra, envuelto en una densa humareda de cigarrillos baratos. El agente parecía el centro de atracción del grupo. Todos lo miraban atentos con una sonrisa en los labios.

—Viejo Wilson —gritó uno—, échate otro de curas.

El cabo se disponía a contar un nuevo chiste, cuando avistó a Kaplan junto a la barra. Ni corto ni perezoso colocó el taco contra la pared, se pasó la mano por los labios en un intento vano por eliminar el rastro del alcohol y salió al encuentro del viejo.

—Don Jacobo, justo ahora mismito iba por usted —dijo con voz vidriosa mientras empujaba delicadamente al anciano por la espalda hacia la salida del establecimiento.

—Llevas cuatro horas metido aquí. Dime qué has estado haciendo, aparte de emborracharte —dijo Kaplan.

—Don Jacobo, si una cosa he aprendido en la policía es que la mejor información se consigue en las cantinas, porque el trago afloja las lenguas y abre los corazones. Pero para eso hay que meterse en el ambiente, usted sabe, tomar un roncito aquí y otro allá para entrar en confianza y que el personal no recele. Si quiere le cuento cómo desarticulamos la banda de los Meneses. Una semana entera tuvimos que pasar en cantinas y burdeles, con eso le digo todo. A propósito, la gracia me salió por dos mil pesos, y para que vea mi buena fe no se los voy a cobrar.

—Menos palabrería y dime qué información conseguiste con tus famosos traguitos —insistió Kaplan.

El policía miró a los ojos del viejo y sonrió con petulancia.

—Tengo a la persona que nos lo va a contar todo sobre el alemán —dijo.

Kaplan no pudo reprimir una expresión de sorpresa. Sin abandonar su sonrisa altanera, Contreras contó que el dueño de La Estrella tenía una hija mayor, fruto de una relación anterior. La muchacha había abandonado el pueblo unos diez años atrás a raíz de una trifulca con su padre por un asunto de dinero y vivía ahora en Santa María. Un parroquiano le había proporcionado los datos para localizarla.

—Por lo que cuentan —dijo Contreras—, anda tan enconada contra el viejo que es como una llaga madura que con sólo puyarla suelta el pus.

También se había enterado de dos rutinas del alemán que podían resultar de utilidad en el momento oportuno: todas las madrugadas el anciano se bañaba en el mar, justo frente al restaurante, y los días lunes y jueves, después del baño, caminaba hasta El Castillo, como llamaban los lugareños a la edificación ruinosa y abandonada del cerro que se levantaba en el extremo sur de La Concha.

—¿Cómo le ha quedado el ojo, don Jacobo? ¿Sirvieron o no los traguitos? —dijo el agente.

Kaplan no tuvo más remedio que reconocer el valor de la información, pero evitó exteriorizar su entusiasmo para que el agente no lo interpretara como un respaldo a su afición por las cantinas.

—Mañana vamos donde la hija, a ver con qué nos sale —dijo, y emprendió el camino hacia la carretera principal.

Mientras ascendían trabajosamente por la calzada, dijo Contreras:

—Don Jacobo, se me olvidaba algo.

—Qué.

—La hija del alemán, la mayor, se llama Estrella.

—Y qué.

—Que dicen que el hombre llamó al restaurante por su hija. Entonces lo que usted dice, que lo llamó por el barco ese, quedaría sin fundamento.

Kaplan se detuvo en seco y giró el rostro sudoroso hacia el policía.

—Escucha, Wilson —dijo en un tono rayano en la amenaza—. Aquí hubo una primera estrella que alumbró a todas las demás, y fue el barco. Si después vino la hija o vino el restaurante, me da lo mismo, porque el orden en que salen las ramas no cambia la naturaleza del árbol. Así que deja tranquilas las cosas, no sea que con tus dudas apagues todas las estrellas y nos quedemos en la oscuridad.

Contreras se rascó pensativo la cabeza y pateó una piedra. El conductor de una camioneta destartalada que subía por la calle se apiadó al ver el estado de Kaplan, que apenas podía levantar los pies al andar, y los condujo hasta la carretera principal.

Cuando Kaplan llegó a su casa era ya de noche. Su mujer se llevó la mano al pecho y profirió una exclamación de horror cuando lo vio aparecer en el umbral, con la piel roja y acezando como un perro moribundo. Le preguntó angustiada dónde había estado y, sin esperar respuesta, le dijo en atropellado parlamento que Elías había llamado varias veces, que estaba iracundo, que iba a avisar de su desaparición a la policía, que lo llamara apenas estuviera de regreso, que ella le iba a calentar la comida, que le tenía pollo guisado y arroz del almuerzo, que antes de hacer cualquier cosa llamara a Elías, que ojalá no hubiera llamado ya a la policía, y mientras Rebeca iba presurosa hacia la cocina parloteando como una cotorra, Kaplan se dirigió al teléfono y marcó sin la menor gana un número. Para su tranquilidad, no contestó su hijo.

—Abuelo, dónde te habías metido —gritó Lotty—. Ya íbamos a llamar a la policía.

Kaplan inventó que había ido a visitar a un viejo amigo, dueño de una tienda de calzado próxima a Modas Rebeca, y que se les había pasado el día evocando las épocas pasadas. Reconoció el error de no haber avisado a nadie de su ausencia, se declaró sinceramente arrepentido de su conducta y prometió que no volvería a incurrir en un descuido semejante.

—La próxima vez no nos hagas esto, abuelo —le reprochó su nieta—. Hemos pasado un buen susto.

—Tranquila, Lóttile, no volverá a ocurrir. ¿Cómo está tu papá?

—¿Cómo va a estar? Como siempre, encerrado con sus inventos.

Después de la cena, Jacobo Kaplan se acostó en ropa interior, sin lavarse las manos ni la boca. La extenuación que lo dominaba pudo incluso con el *Shmá Israel*, que hasta ese momento, y desde que tenía uso de razón, sólo había dejado de recitar las tres noches que permaneció en estado de coma tras ser herido por una avanzada de árabes en Palestina, sesenta años atrás. Tan agotado estaba, que apenas posó la cabeza sobre la almohada comenzó a roncar.

El camino hacia la verdad

TAL COMO HABÍAN CONVENIDO, Kaplan y Contreras se encontraron por la mañana en las dependencias centrales de la policía. El edificio, un inmueble de dos plantas que reclamaba con urgencia una mano de pintura, era escenario de una actividad frenética. Los agentes, algunos vestidos de paisano, otros de uniforme, iban y venían en un trajín incesante que a Kaplan se le antojó excesivo a la luz de los resultados más bien pobres que presentaban los balances de seguridad ciudadana. Entre los escritorios pululaban un hombre flaco que vendía café en pequeños vasos de plástico y un par de mujeres que, muestrario en mano, intentaban convencer a los policías y funcionarios de que compararan alguna joyita para sus esposas, sus novias o sus amantes. Contreras guió a Kaplan entre el gentío hasta un despacho de grandes ventanas en la segunda planta, donde los aguardaba un hombre enjuto vestido de civil. El hombrecillo los condujo a un corredor solitario y, mirando con nerviosismo a uno y otro lado, entregó a Contreras un abultado sobre de manila. Kaplan le deslizó un rollo de billetes que llevaba preparado en el puño.

Una vez cerrada la operación, el anciano y el policía se dirigieron a una cafetería cercana para analizar el contenido del paquete. Ordenaron sendos cafés, y Contreras abrió el sobre y procedió a leer en voz alta el primer papel que pescó al azar. Resultó ser la ficha personal del dueño de La Estrella. Nombre y apellido: Julius Reich. Lugar de nacimiento: Berlín, Alemania. Fecha de nacimiento: 6 de septiembre de 1903. Padres: Hermann Reich y Anna Beck. Estado civil: Soltero. Profesión: comerciante. Fecha de ingreso en el país: 17 de julio de 1951. Lugar: Tres Hermanos, frontera Ecuador.

Kaplan arrebató el documento al agente y le echó una ojeada.

—Perfecto —dijo.

—¿Cómo que perfecto? —replicó el policía—. Ahí pone que entró por Ecuador, no por el muelle de Santa María, y que lo hizo seis años después del barco en que usted dice que llegó. Los datos cuadran menos que el presupuesto del nuevo estadio de fútbol, que por lo que cuenta hoy el periódico ya va costando más que la última misión de la Nasa.

—¿Tan ciego estás que no lo ves? —dijo Kaplan, agitando el papel con la mano como si exhibiese un trofeo—. Este documento es una joya, y las buenas joyas valen más por lo que ocultan que por lo que brillan. La primera entrada del bandido, la del Stern, no se registró para evitar que quedaran rastros. La que aparece es la segunda entrada, cuando volvió desde Paraguay vía Ecuador convertido con documentación falsa en el respetable comerciante Julius Reich, para dirigir desde aquí la organización Aurora.

Al ver el estado de euforia del viejo, Contreras no osó contrariarlo con preguntas impertinentes. Comenzaba a sospechar que a su compañero lo aquejaba algún tipo de desvarío, pero al mismo tiempo advertía en sus razonamientos ciertos destellos de lucidez que le impedían la formación de un juicio concluyente sobre el estado de su salud mental.

Otros dos documentos proporcionaban información sobre las condiciones económicas del alemán. En el registro mercantil aparecía como administrador único de la sociedad La Estrella S.L., constituida en 1954 con el objeto social de desarrollar actividades en el ámbito de la restauración y el turismo, y el registro de la propiedad certificaba como su único bien inmueble la casa donde funcionaba el restaurante.

—Un negocio pequeño y una casa. Nada más. Ni siquiera una sociedad de paja para evadir impuestos —dijo Kaplan. Y añadió con suspicacia—: Tanta humildad es rara. Aquí huele a podrido.

—Pues si mira mi declaración de la renta pensará que soy el jefe del Profesor —dijo Contreras—. Con decirle que ni casa propia tengo. Todavía va a resultar que la pobreza, además de desgracia, es delito.

—No digas pendejadas, Wilson. A ti la pobreza te honra, porque demuestra que no has usado tu puesto para enriquecerte. ¿O es que preferirías ser como el teniente corrupto ese que se pasea por toda la ciudad en su moto plateada y tiene una mansión en La Pradera? ¿Sabes lo que dice de él la misma gente que lo unta? Hablan como si fuera una basura. No sé cómo ese bandido puede mirarse por las mañanas en el espejo sin que se le caiga la cara de la vergüenza.

—Pues si le soy sincero, cuando yo me miro por las

mañanas al espejo no veo un hombre honrado, sino un pobre pendejo —dijo Contreras mientras sacaba el último documento del sobre.

—Limpio —dijo tras echarle una ojeada.

Era el certificado de antecedentes penales del alemán.

—Limpio, no; lavado —corrigió Kaplan—. Pero quédate tranquilo, Wilson, que ya le volverán las manchas cuando le pase el efecto el detergente. No existe porquería en este mundo que se pueda tapar para siempre.

Después de analizar la documentación, los dos hombres abandonaron la cafetería y tomaron un taxi con dirección al mercado público. El destartalado vehículo se abrió lentamente paso en la jungla de transeúntes y bazares que abarrotaban las calles del centro, sorteó el pequeño puente de concreto que cruza el caño del Maíz, y se internó en el infierno pestilente y anegado de aguas negras que se extendía a la otra orilla del canal. Kaplan y Contreras se apearon frente a un antiguo granero, última frontera a la que estaba dispuesto a aventurarse el taxista, y desde allí prosiguieron el trayecto a pie, abriéndose paso a codazos y empujones entre la muchedumbre, hasta que llegaron, bañados en sudor y con los zapatos cubiertos de barro, a la zona donde se concentraban los puestos del mercado. Preguntando aquí y allá dieron con el negocio que buscaban. Era un quiosco diminuto donde colgaban varias ristras de ajo, unas tiras de cierta materia que semejaba carne animal y una pata de cerdo alrededor de la cual zumbaba un enjambre de moscas. El tenderete era atendido por una mujer de piel canela, en cuyo rostro ajado por el sufrimiento y la amargura pervivían los rescoldos de una extraña belleza que se concentraba de modo singular en sus ojos verdes. Contreras observó a la mujer con fingida curiosidad.

—Yo a ti te he visto en algún lado —le dijo. Dejó pasar unos segundos y exclamó chasqueando los dedos—: Ya caigo. Tú eres Estrella, la hija de don Julio, el del restaurante de La Concha. No te ha cambiado la cara. Sigues siendo la mismita de siempre.

—¿Y quién eres tú? —dijo la mujer con el ceño fruncido mientras ahuyentaba con un trapo las moscas—. Tu cara no me suena de nada.

—Entiendo que no se haya fijado en mí una mujer tan hermosa. Ya dice el dicho que el águila real no repara en gallinazo —dijo el policía sin vacilar, como si hubiese ensayado durante semanas el guión del encuentro. Improvisó sobre la marcha que unos catorce años atrás había trabajado como distribuidor de cerveza en el sur de la provincia y que por esa circunstancia laboral había trabado contacto con el dueño del restaurante La Estrella—. Tú eras un bombón, pero no me malinterpretes si te digo que estás mucho mejor ahora —dijo zalamero. Para animar a su interlocutora, dijo a Kaplan que comprara toda la existencia de carne del tenderete. El viejo dirigió a Contreras una mirada iracunda, pero acató sin rechistar la instrucción. Mientras Estrella envolvía con gran contento la mercancía en un pliego de papel periódico, el agente le preguntó por su padre. El alborzo de la mujer se transformó en rencor vivo.

—Por ahí andará el hijueputa —dijo.

Contreras fingió sorpresa por la reacción de Estrella y le ofreció disculpas por la alteración de ánimo que le había ocasionado. Como advirtiera que la mujer ardía en deseos de desahogarse, la invitó a tomar un bocado en una cafetería cercana. Estrella vaciló unos instantes, pero al final aceptó el ofrecimiento porque su estómago rezongaba de hambre y porque estaba convencida de que su celoso marido, enfermo de dengue, no aparecería en todo el día por el lugar.

La cafetería El Rubí era un antro sombrío y nauseabundo, donde revoloteaban nubes de moscas y correteaba esporádicamente por el suelo alguna cucaracha hambrienta. Los tres se sentaron a una mesa que cojeaba de una pata. Del techo colgaban varias tiras amarillas de papel a las que se hallaban adheridas numerosas moscas; las que aún no habían muerto batían las alas y zumbaban desesperadas en un intento vano por escapar a su destino. Estrella pidió al camarero un par de empanadas y un jugo de níspero, y Contreras ordenó un chicharrón y una cerveza. Kaplan no pidió nada y redujo al mínimo su actividad respiratoria para proteger sus pulmones de esa atmósfera repulsiva. No le cabía en la cabeza que seres humanos pudieran vivir en semejante inmundicia.

Estrella pegó una dentellada a una empanada y comenzó a hablar y masticar al mismo tiempo. Contó que siendo una niña, a la muerte de su madre, fue acogida por su padre, que para ese entonces tenía otra mujer y una hija recién nacida. El reencuentro no resultó nada sencillo. Dijo que su padre era un ser despótico, propenso a la melancolía, que evitaba el trato con sus congéneres y respondía con secos monosílabos a quien intentaba entablar conversación con él. La familia le temía. Cuando se encontraba dentro de la casa, su mujer miraba a las hijas con los ojos muy abiertos para indicarles que no hicieran el menor ruido que pudiese molestarlo. Ello no impedía que, en ocasiones, aflorara en el hombre un sentimiento parecido al afecto, y en esos raros arrebatos alzaba a sus hijas en brazos, las besuqueaba y les susurraba palabras tiernas en su idioma. También habló Estrella de la austeridad de su padre, que nunca acumuló más de dos mudas de ropa y que mandaba reparar sus únicos zapatos sólo cuando las suelas amenazaban con desintegrarse bajo sus pies. Y dijo que, pese a su carácter huidizo, su padre había tejido una estrecha amistad con un alemán de Corozal, la única persona con la que la que lo vio mantener una conversación de más de diez palabras.

—¿Un paisano suyo? —dijo Contreras posando la mano sobre la rodilla de Kaplan para que reprimiera cualquier emoción.

—Se llama Otto —dijo Estrella—. Se conocieron en la compañía de la sal, una fábrica que había en La Concha y que cerró cuando yo era chiquita. Desde que me fui de mi casa no sé nada de don Otto. Venía de vez en cuando a visitarnos y mi papá iba a veces donde él. Se sentaban durante horas, los dos solos, a echar cháchara y jugar ajedrez.

La mujer se disponía a proseguir el relato, cuando una súbita expresión de horror se adueñó de su rostro. Mirando con ojos desorbitados hacia la entrada del establecimiento, intentó decir algo, pero las palabras no fluyeron de su boca. Kaplan y Contreras se miraron entre sí, asustados por la brusca transfiguración que se había operado en su interlocutora. Mientras intentaban desentrañar el misterio de tan repentino cambio, un tornado irrumpió por la puerta del local, llegó rugiendo junto a ellos y, en cuestión de segundos, tiró a Estrella al suelo de una bofetada, hizo saltar la mesa por los aires y molió a puñetazos a Contreras hasta dejarlo inconsciente en el piso, con el rostro sangrante y la camisa hecha jirones. Cuando amainó el temporal, Kaplan se encontraba aún sentado en su silla, en medio de un reguero de cristales rotos, restos de comida, una mesa patas arriba y dos cuerpos tendidos en el suelo. Frente a él jadeaba un mulato del tamaño de un armario, que le dijo a gritos, agitando el brazo y con los ojos incendiados de ira:

—Y usted, viejo alcahueta, agradezca que tiene el gallinazo al hombro.

Kaplan lo miró atónito, incapaz de hilvanar un pensamiento. En medio del estupor y el espanto de los parroquianos, el gigantón tomó por los cabellos a Estrella, que gritaba presa de la histeria, y la arrastró por el suelo como a una bolsa de basura hasta la salida de la cafetería. Una vez la pareja hubo franqueado el umbral, el dueño del establecimiento corrió presuroso a la trastienda y volvió con un cubo de agua, que vertió sobre el rostro de Contreras, mientras los dos camareros procedían a recoger los destrozos y ordenar el mobiliario. Los clientes comenzaron a cuchichear, mirando de reojo hacia la entrada con el temor reverencial con que los primitivos escrutaban el cielo después de las tempestades. Al recibir el impacto del agua, Contreras entreabrió los ojos, observó a su derredor con el atolondramiento de quien despierta de un sueño milenario y preguntó con un hilillo apenas perceptible de voz qué había sucedido. Acuclillado junto a él, Kaplan le susurró al oído:

—Han secuestrado a la muchacha para que no hable. Esto es cosa del Profesor. Los tenemos asustados, Wilson.

—Será cosa del Profesor si usted lo dice —dijo Contreras con voz agónica—, pero lo que es la tunda le aseguro que me la dio su yerno.

Don Otto y los elefantes negros

KAPLAN YA SE ENCONTRABA en la plaza de San Isidro al salir el sol. El plan para la jornada consistía en viajar en bus hasta Corozal e indagar sobre la vida y milagros del misterioso señor Otto. La mañana se anunciaba fresca; una brisilla juguetona revolvía el mechón de pelo blanco sobre la frente de Kaplan. Mientras el anciano esperaba en la acera, se detuvo frente a él una camioneta desvencijada, desde la que sonó un claxon estridente con el estribillo de "La Cucaracha". Kaplan entornó los ojos para poder ver con claridad al salvaje que armaba semejante algarabía y se encontró con el rostro algo hinchado, pero sonriente, del cabo Contreras, que le dijo a gritos desde la ventanilla:

—Súbase, don Jacobo, que hoy vamos como príncipes.

El viejo, sorprendido, subió a la camioneta.

—Me la prestó mi cuñado, el de los traguitos del otro día —dijo orgulloso el policía, dando unas palmaditas al volante, tras lo cual accionó de nuevo el claxon.

Kaplan sonrió. El policía lo miró por el rabillo del ojo, y la satisfacción por ver tan inusual expresión en el rostro del viejo lo impulsó a activar una vez más "La Cucaracha" antes de emprender el viaje. La camioneta no podía estar en peor estado, como lo evidenciaba el estrépito de caldereta que armaba al rodar. La cojinería, de plástico verde, presentaba numerosas roturas por las que se asomaba la espuma del relleno. La puerta del acompañante no cerraba adecuadamente y era necesario ajustarla con un alambre. Toda la suerte del vehículo parecía depender de la Virgen del Carmen, señora de los viajeros, cuya estampa colgaba del agrietado espejo retrovisor.

El viaje transcurría sin mayores sobresaltos por la carretera de La Cordialidad, que serpentea entre praderas y maizales. Había muy poco tráfico a esa ahora: camiones cargados de reses y uno que otro bus destartalado. De tanto en tanto se cruzaban con campesinos que transitaban a lomo de burro por la orilla de la calzada y saludaban a los conductores agitando el brazo. Contreras escuchaba vallenatos en el viejo pasacintas, atento a las sinuosidades de la carretera. Kaplan pensaba o soñaba, lo que en su caso era ya lo mismo. Cuando acababan de pasar la curva conocida como El Piquito, una figura monstruosa surgió de entre la espesura y les arrancó un grito unísono de horror. Contreras frenó con tal brusquedad que la camioneta derrapó varios metros y a punto estuvo de volcar. Una vez recuperó el control del vehículo, aparcó en un claro junto a la calzada con el propósito de observar detenidamente al engendro y se encontraron con un elefante negro que los miraba con expresión de tedio desde el otro lado de una alambrada de púas y enredaderas. El policía dijo a Kaplan que aguardase en la camioneta y atravesó ansioso la carretera dispuesto a averiguar qué otros secretos se escondían tras la tupida valla. Al contemplar el interior de la finca quedó estupefacto. Nunca, ni en sus borracheras más memorables, había presenciado un espectáculo parecido. Incapaz de pronunciar palabra, agitó el brazo para que Kaplan acudiera a su lado. El anciano se acercó refunfuñando, dispuesto a reprender al agente por lo que presagiaba una pérdida de tiempo, pero la contemplación del panorama lo dejó más atónito que a su compañero.

—Aurora —dijo con la voz entrecortada.

En la pradera inmensa deambulaban búfalos, jirafas, rinocerontes, cebras, dromedarios, caballos percherones, gallinas con pelo y muchas otras especies zoológicas que no supieron clasificar. Por entre las bestias circulaba un tren de cuatro vagones, pequeño pero real, cargado de una chiquillería elegante y bulliciosa. El conductor entretenía a los pasajeros activando el silbato de la locomotora, que despedía por la chimenea una columna de vapor. Al fondo, a orillas de la ciénaga, se erigía una lujosa mansión erizada de antenas parabólicas, y a su izquierda se divisaba una pista de aterrizaje en la que reposaban dos avionetas y un helicóptero. Por todas partes pululaban hombres uniformados, dotados de metralletas e instrumentos de comunicación. Kaplan fue identificando en voz alta, sin la menor dificultad, cada uno de los elementos que componían el sorprendente paisaje: los niños eran los conejillos de Indias con los que se pretendía crear por manipulación genética una raza superior; los animales eran la despensa viviente de donde se extraían los órganos para los experimentos científicos; la mansión albergaba la clínica de los horrores; los aviones constituían la fuerza aérea del naciente ejército nazi, y los hombres armados conformaban la soldadesca.

Contreras no estaba tan convencido de que las cosas fueran de ese modo. Dijo que, por algunos comentarios que había escuchado a compañeros de la policía, ésa debía ser la hacienda del narcotraficante Guillermo José Urdiola, con su zoológico fabuloso, sus pistas aéreas clandestinas y su tren particular, que, según los rumores circulantes, era una réplica a escala reducida del primer ferrocarril que asaltó la banda de 'Billy the Kid'.

Kaplan no vio contradicción alguna entre las dos versiones.

—¿Y qué? —dijo—. ¿Acaso no puede ser que los narcotraficantes estén aliados con los nazis? Alianzas más raras se han visto. Ahí tienes el Frente Nacional.

—Este viejo es como Zapata, si no la gana... —murmuró Contreras.

—¿Qué dices?

—Nada; pensando en voz alta.

Estaban los dos hombres observando el paisaje por un resquicio de la alambrada, cuando escucharon a sus espaldas una voz que dijo:

—Qué carajo andan mirando.

La voz tenía el acento inconfundible de la gente brava de Caledonia. Al girarse, se encontraron frente a dos hombres malencarados que los encañonaban con sendas ametralladoras. Vestían uniforme verde oliva, idénticos a los de las personas que trajinaban en el interior de la finca.

—Tranquilos, hermanos —dijo Contreras con voz temblorosa—, es que pasábamos por aquí y como vimos un elefante negro nos pusimos a curiosear. No todos los días ve uno un elefante negro. Pero frescos, que ya nos íbamos.

Uno de los hombres miró detenidamente al policía.

—¿Qué le pasó en la cara, hermanito?

—Cosas del trago —dijo Contreras y ensayó una sonrisa que le hizo crujir los huesos.

—No me tome por pendejo, que a mí el trago no me deja la cara así —dijo el guardián—. ¿No será que le gusta meterse donde no lo llaman?

Contreras se alarmó ante el cariz que tomaba la conversación. Sabía que los de Caledonia mataban con la misma parsimonia con que hablaban: sin levantar la voz, cantadito y tratando siempre de usted. Mientras el policía se atormentaba con ese pensamiento, el vigilante que venía haciendo uso de la palabra lo apuntó a la cabeza y le dijo que se encomendara a Dios porque lo iba a matar. Contreras se cubrió instintivamente la cabeza con los brazos e imploró, llorando, piedad. Kaplan observaba la escena inmovilizado por el pavor. Un camión cargado de reses que se aproximaba por la carrera les permitió albergar cierta esperanza de salvación, pero el vehículo siguió de largo, dejando como estela la estridencia de su bocina y un olor penetrante a boñiga. Contreras esperaba ya, resignado, el fatal desenlace, cuando recibió un culatazo en las costillas. Retorciéndose de dolor, levantó la vista para intentar comprender por qué tardaba tanto en llegar el tiro de gracia y se encontró con el rostro inexpresivo del guarda, que le dijo:

—Déjese ya de lloriquear como un marica y lárguese con el viejo antes de que me arrepienta. Y cuidadito con volver por estos lados, que el cementerio está lleno de curiosos.

Sorbiendo lágrimas y mocos, el agente atravesó con el viejo la calzada, subieron presurosos a la camioneta y reemprendieron el viaje. El anciano apenas podía respirar; entre el susto y la carrera había quedado sin aliento. Con los ojos fuera de órbita, luchaba desesperadamente por arrancar oxígeno al aire caliente y húmedo. Alarmado por el estado de su compañero, Contreras pisó el acelerador a fondo y, sin saber cómo, porque él mismo se hallaba atolondrado y adolorido, consiguió llegar a Corozal. Aparcó en un descampado junto a la iglesia, en las afueras del pueblo, y preguntó a Kaplan si necesitaba atención médica. El anciano estaba concentrado en su batalla particular contra el ahogo y reclamó con un movimiento de mano un compás de espera. Permaneció un largo rato recostado contra el espaldar de la silla, resollando como un fuelle, hasta que recuperó sucesivamente la capacidad respiratoria y el habla.

—Pagarás bien caro esta afrenta, Profesor —dijo—. Caerá sobre tu cabeza la ira de Dios como la padecieron en su día todos los que osaron humillar a Israel. Caerás como un ídolo de barro, como se derrumbaron Moab, Amón, Asiria y Babilonia. Y cuando se mencione tu nombre en todos los rincones de la tierra, las generaciones futuras escupirán sobre tu memoria y dirán: "Ese fue un necio que desafió al pueblo de Israel".

Al escuchar semejante parrafada, Contreras temió por la salud mental de su compañero y, olvidando sus propios quebrantos, persuadió al viejo de que saliera en el acto de la camioneta para que el aire le ventilara los sesos. Apoyados en la carrocería del vehículo, los dos hombres descansaron bajo la fronda de un roble inmenso, acariciados por una brisilla olorosa a estiércol que vagabundeaba por el lugar. Permanecieron durante un largo rato en silencio, absorto cada cual en sus pensamientos, que bullían a borbotones en cada cabeza, hasta que Kaplan pareció llegar a una conclusión respecto a los suyos.

—Vamos por buen camino, Wilson —dijo.

—Ahora entiendo por qué nos decía el cura que el buen camino conduce al cielo. Un poquito más y estoy con San Pedro —gimió el agente sobándose las costillas.

Desde la explanada echaron un vistazo al entorno y divisaron a cierta distancia una casa de bahareque que se les antojó una cantina a juzgar por el rótulo de latón que destellaba en su fachada. Hacia allí dirigieron sus pasos después de reponer fuerzas y dejarse mimar un rato más por la brisa tonificante.

Dos hombres jóvenes conversaban y bebían cerveza en una de las mesas. Contreras se acercó al mostrador y pidió una cerveza y una gaseosa, mientras Kaplan se instalaba en una mesa próxima a la entrada. Por los altavoces, un vallenato narraba la historia de un niño superdotado que hablaba inglés desde antes de salir del vientre de su madre. Contreras aprovechó esa circunstancia musical como pretexto para entablar conversación con el dependiente.

—Tenía entendido que "El niño inglés" nunca se había grabado —dijo.

—Y así es —respondió el otro mientras destapaba las botellas—. Dicen que esta es una grabación informal que le hizo Macaulan, tú sabes, el periodista, al maestro Víctor Caicedo para mandársela a un amigo en España. Está hecha en plena calle; por eso se oye como se oye. Pero como que alguien más metió su grabadora mientras el maestro cantaba y se ha puesto a comercializar el casete. Tú sabes cómo es la cosa en esta tierra; aquí el que no corre vuela.

—Hablando de volar —dijo Contreras—, andamos buscando a un viejo amigo que se llama Otto. Nos dijeron que vive en este pueblo. ¿Sabes dónde podemos encontrarlo?

El dependiente se limpió los dedos con el extremo de la bayeta que llevaba al hombro y dijo:

—Eso depende.

—¿Cómo así? —dijo Contreras, sorprendido por tan singular respuesta.

—Don Otto murió hará cosa de cuatro años. Lo que ya no sé decirte es si cogió para el cielo o para el infierno, porque eso sólo lo sabe el difunto.

Los dos jóvenes se sumaron a la conversación, y entre trago y trago trazaron con el dependiente un retrato del difunto Otto Müller. Lo describieron como un hombre generoso y amable, que llegó a Corozal contratado por una compañía holandesa que buscaba petróleo en la región. Al fracasar las prospecciones, la empresa levantó de un día para otro el campamento y desapareció con sus trépanos y bombas hidráulicas sin dar tiempo a los trabajadores para negociar un buen finiquito. Pero Otto Müller se había encariñado con el pueblo y decidió quedarse. Al poco tiempo se arrejuntó con una campesina de nombre Tomasa Bolívar y engendraron dos hijos. Los muchachos llegaron sanos y robustos a la adolescencia, pero quiso la fatalidad que perecieran ahogados un mismo día en el mar, cuando el menor fue arrastrado por una corriente y el mayor intentó socorrerlo con más amor fraterno que prudencia. Müller quedó destrozado por la tragedia, como quedaría cualquier padre ante tamaña desgracia, y en un intento por llenar el vacío dejado por sus hijos se volcó con una abnegación casi apostólica en los quehaceres comunitarios. Pese a faltarle un brazo, trabajaba con la tenacidad de cien hombres juntos, y a esa virtud añadía unas extraordinarias dotes organizativas: fue él quien animó a los cultivadores del pueblo a crear una cooperativa que les permitiera comercializar de manera más ventajosa las cosechas y conseguir créditos más baratos de los bancos. Cuando murió, el médico forense atribuyó el deceso a un sorpresivo y fulminante infarto cardíaco. Pero los habitantes de Corozal consideraron demasiado superficial ese diagnóstico y siempre han sostenido que Otto Müller falleció como consecuencia de una enfermedad penosa y lenta llamada dolor.

—Don Otto sabía como nadie de mecánica, de motobombas y todo lo que eran máquinas —dijo el dependiente—. Era un cerebro con esas cosas. Con decirles que a cada rato lo llamaban a Monterrey.

—¿Monterrey? —dijo Contreras.

—Sí, esa finca grande que hay a la entrada del pueblo, no sé si la vieron. Una que está llena de animales raros. Lo llamaban de vez en cuando para que hiciera trabajitos. Y por lo que se dice se los pagaban muy bien.

—Así que hacía trabajitos en la hacienda Monterrey —dijo Kaplan, excitado por el giro que había dado la conversación—. ¿Y don Julio, venía mucho a visitarlo?

—¿Don Julio? —preguntaron los dos muchachos.

—Sí, un señor alemán de barba blanca, más o menos de mi edad.

—Ahora que lo dice —dijo el dependiente—, aquí venía mucho a visitarlo un señor así mayor con pinta de extranjero. Si se llamaba Julio, eso ya no lo sé. Se daban grandes caminatas por los lados de la ciénaga. Caminaban horas como si fueran dos muchachos. Y ahora que lo recuerdo, a veces ese señor acompañaba a don Otto a la hacienda Monterrey.

—Cuando iba a hacer los trabajitos —dijo Kaplan y remarcó la última palabra con una mordacidad que pasó desapercibida a sus interlocutores.

—Así es —dijo el dependiente.

Cuando las anécdotas comenzaron a repetirse, Kaplan y Contreras abandonaron la cantina y decidieron practicar sin más dilaciones una visita a la viuda de Otto Müller. Echaron a caminar por la explanada de tierra para recoger la camioneta, que habían dejado junto a la iglesia. Los rayos del sol reverberaban en la tierra seca, por la que correteaban en incesante trajín lagartijas multicolores en busca de alimento.

—Los tenemos en nuestras manos —dijo Kaplan mientras avanzaban por la superficie polvorienta—. Trabajitos... Ya le explicarán esos bandidos al juez cuáles eran los trabajitos que hacían en la hacienda esa.

—¿Usted cree que el tal Otto también era un criminal? Por las bellezas que nos hablaron de él casi me dan ganas de prenderle una vela en la iglesia —dijo Contreras.

—La vela la deberías usar más bien para iluminar tu mente —dijo Kaplan—. No hay que ser muy avispado para darse cuenta de que el bandido se los compró a todos. Esos tres borrachos hababan maravillas de él porque comían de su mano, igual que hablan bien del senador Fadul todos esos muertos de hambre a los que les reparte puestos de trabajo, becas y trago. Debemos andar con muchísimo cuidado en este pueblo. Aquí no hay que fiarse ni de los perros. No te rías de lo que digo, Wilson, que si existen palomas mensajeras o burros bomba, como el que pusieron los mafiosos en la

Gobernación, nada tiene de raro que la organización Aurora tenga perros espías.

Justo en ese momento pasaron cerca de ellos varios perros famélicos a los que se les dibujaba el costillar. La manada se detuvo unos instantes a husmear en la arena en busca de residuos alimenticios y prosiguió decepcionada su lánguida procesión. A Contreras la costó creer que esos animales estuvieran en condiciones de participar en una misión más sofisticada que la de garantizar su propia supervivencia.

Al final de una ligera pendiente se levantaba la casa de paredes azules y techo de paja donde vivió Otto Müller hasta el día de su muerte. Contreras aparcó la camioneta a la sombra de un roble. Escoltado por Kaplan, se acercó a la vivienda y golpeó con los nudillos a la puerta. Casi de inmediato apareció bajo el dintel una mujer robusta y morena, ataviada de una bata verde, que miró a los recién llegados con natural curiosidad. Kaplan se presentó como un antiguo amigo de Otto llamado Hans Schneider. Dijo que un percance lo había obligado ese día a detenerse en Corozal y que por una fortuita conversación en la cantina se había enterado de que Otto había vivido en el pueblo. Por más que exprimió su memoria, Tomasa Bolívar no recordó que su marido mencionase alguna vez a un amigo de nombre Hans Schneider. Sin embargo, su sentido de la hospitalidad fue más poderoso que la desconfianza e invitó a los extraños a pasar a la pequeña sala, donde les sirvió una jarra con jugo de níspero. Kaplan tomó la iniciativa de la conversación y, con una locuacidad que sorprendió a Contreras, se soltó a hablar generalidades sobre el difunto Otto. Utilizando la información obtenida en la cantina y la que el día anterior les había alcanzado a proporcionar la hija del dueño de La Estrella, evocó las dotes organizativas del difunto, su afición al ajedrez, su disciplina germánica, su amistad con Julius Reich, la enorme capacidad de trabajo que siempre lo caracterizó pese a faltarle un brazo...

—Lo que nunca me contó Otto es cómo vino a parar a La Concha. Parece mentira, hablábamos horas y horas, pero nunca me contó ese detalle —dijo Kaplan.

—Otto vivía en Estados Unidos y su fábrica lo mandó para asesorar a la gente de la compañía de la sal cuando la fundaron —dijo Tomasa—. Cuando quebró la compañía, se vino a Corozal a trabajar con una empresa de petróleo y aquí se quedó.

Animada por la conversación, la mujer pidió a sus visitantes que la disculpasen por unos instantes y se dirigió a su dormitorio. Contreras aprovechó su ausencia para preguntar a Kaplan cómo era posible que un supuesto nazi viviera en Estados Unidos.

—Si es verdad lo que esa bruja nos cuenta, el tipo era más importante de lo que yo creía —dijo en susurros el viejo—. Después de la guerra Estados Unidos les dio papeles de inmigración a muchos científicos alemanes para quedarse con sus conocimientos. En todo esto se movieron muchos intereses. ¿Cómo crees que llegaron los norteamericanos a la luna? Conque Estados Unidos... Ese tal Otto Müller debía ser un pez gordo.

En ese momento regresó la anfitriona con un pequeño portarretratos, que enseñó a su anciano visitante. La foto amarillenta mostraba a dos hombres de mediana edad, con aspecto de extranjeros, flanqueando a un hombre ataviado de traje claro a la entrada de una fábrica. Sobre el portal había un letrero enorme que rezaba: "Compañía El Salitre".

—Aquí están Otto y Julio con el presidente Gómez la vez que visitó la fábrica —dijo con orgullo Tomasa.

Kaplan observó la instantánea con una atención que a la anfitriona se le antojó un tanto excesiva y motivada por razones distintas a una mera evocación nostálgica. El anciano parecía buscar en el rectángulo de papel algún detalle revelador que no se podía apreciar a primera vista. De repente, la mujer fue asaltada por un pálpito.

—¿Dónde dice usted que conoció a Otto? —dijo clavando los ojos en Kaplan.

El anciano se puso en guardia por la agresividad que desprendían la mirada y la voz de la mujer.

—Dónde iba a ser —dijo—. En la compañía de sal.

—¿Y hace cuánto que no sabe nada de mi marido? —dijo enseguida Tomasa, evidenciando su pretensión de atrapar al viejo en una celada.

Kaplan, inquieto, fue a responder algo, pero guardó silencio. Miró a Contreras, luego a la anfitriona, otra vez al policía, y en el vértigo de sus cavilaciones dedujo que le convenía remontar su último contacto con Otto a los tiempos de la compañía de la sal, porque, de lo contrario, podría verse sometido a un interrogatorio sobre hechos más recientes acerca de los cuales seguramente dispondría de mejor información la viuda de Müller.

—Hace unos treinta años —respondió por fin.

La anfitriona se incorporó en silencio de su silla, avanzó unos pasos hacia el mecedor donde se hallaba sentado el anciano y le arrebató con brusquedad el portarretratos de las manos. Seguidamente se acercó a la entrada de la casa.

—¿Quiénes son ustedes? —dijo entre amenazante y aterrorizada, agarrando el pomo de la puerta—. ¿Qué quieren de mí?

Contreras se puso en pie e intentó tranquilizarla. La mujer dijo señalando a Kaplan que "ese viejo mentiroso" no conocía a su marido y, con la puerta abierta, les exigió a voces que se marchasen. Contreras hizo una seña al viejo y abandonaron la vivienda, acosados por el griterío de la mujer, que los tachaba sin cesar de embusteros. Atraídos por el bullicio, algunos vecinos se arremolinaron junto a la casa y, tras extraer sus propias conclusiones de la escena, la emprendieron a pedradas contra los dos forasteros, que se alejaban con toda la prisa que les permitían las menguadas capacidades físicas. Protegiéndose con los brazos de la lluvia lítica, Contreras ayudó al anciano a entrar en la camioneta y corrió seguidamente a la portezuela del conductor. Cuando se aprestaba a subir, una piedra le rozó la sien y le abrió una ranura de la que manó de inmediato un hilo de sangre. Más preocupado por salvar la vida que por cauterizar la herida, el policía encendió el motor y abandonó Corozal con el acelerador pisado hasta el fondo, levantando a su paso una polvareda densa y sin importarle un comino la suerte de los perros, las gallinas y cualquier otro ejemplar del reino animal que se atravesaran en el camino.

A una distancia prudencial del pueblo, el agente detuvo el vehículo a un lado de la carretera y se cubrió con un pañuelo la herida de la cabeza para contener el flujo de sangre. Con la mano libre se presionaba las costillas para mitigar el efecto del culatazo recibido con anterioridad en la hacienda Monterrey. Nunca se había sentido apaleado de tal modo, ni siquiera la madrugada aciaga en que los hermanos Rebolledo lo sorprendieron solo e inerme en el estadero Pollo Rico.

—El Profesor ya ha formado las tropas de asalto. Esto se pone cada vez peor —dijo Kaplan, que apenas podía respirar por tantos sobresaltos juntos.

Lo que el viejo llamaba tropa de asalto le había parecido a Contreras más bien una vulgar caterva de desarrapados, pero tan molido estaba que no halló fuerzas para expresar en voz alta su opinión.

Tras reemprender el viaje a Santa María, intentaron encontrar una explicación al cambio sorpresivo que se había operado en la viuda de Otto Müller. Coincidieron en que Kaplan debió de cometer algún desliz en sus evocaciones del alemán, pero por mucho que estrujaron sus cerebros no consiguieron identificar el error, que consistió en haber cercenado un brazo al marido de Tomasa Bolívar veinte años antes de que lo hiciera accidentalmente la troqueladora de la cooperativa de agricultores de Corozal.

A medio camino ya Kaplan no pensaba en el incidente. Tenía consagrada toda su inteligencia a ordenar la información que habían recolectado hasta ese momento: los registros falsificados de dueño de La Estrella, el comando de La Concha, el Stern, el arsenal bacteriológico, el secuestro de la hija del Profesor, la hacienda Monterrey, Otto Müller y, ahora, la misteriosa compañía de la sal que recibió en su momento las visitas del presidente Gómez, un político que nunca, ni siquiera tras la derrota de Hitler, había ocultado sus simpatías por el nazismo.

—Las piezas van encajando, Wilson —dijo Kaplan al término del repaso.

—Ojalá pudiera decir lo mismo de mis huesos —dijo Contreras con expresión de Cristo agonizante. Molido por los golpes, extenuado por las carreras, debilitado por la pérdida de sangre, el agente sólo esperaba el momento de llegar a su casa y derrumbarse sobre la cama.

Cuando vio a su marido entrar en el apartamento, Rebeca se llevó las manos a la cabeza.

—¿Qué te ha pasado? —chilló.

El viejo tenía la piel achicharrada, como si lo hubiesen pasado por una parrilla al rojo vivo, y la ropa cubierta por el polvo. Jadeaba sin cesar. Sus ojos estaban extraviados en el vacío.

—Estoy molido —gimió.

Rebeca corrió a su lado, lo tomó del brazo y lo condujo hasta la alcoba. El anciano cayó desplomado sobre la cama y quedó dormido en el acto. Rebeca extendió un dedo bajo las fosas nasales de su marido y comprobó con alivio que respiraba. Fue a continuación a la sala con la firme determinación de llamar a su hijo Isaac y poner fin a la espiral de locura que había desencadenado en mala hora la conversación de la semana anterior sobre la organización Aurora. Levantó el auricular y marcó el número; pero al oír la voz de su hijo temió por las consecuencias que podía acarrearle su delación y colgó. Se llevó las manos a la cara y rompió a llorar como una niña desamparada.

El viejo Kaplan se sintió de mejor ánimo al despertar de la larga siesta. Después de ducharse y ponerse ropa limpia fue a la cocina, donde engulló el almuerzo que le había recalentado su mujer. Seguidamente retó a Rebeca a una partida de cartas. Como en los buenos tiempos, intentó una y otra vez tenderle trampas, circunstancia que por su familiaridad constituyó un motivo de regocijo para el atribulado corazón de Rebeca. El espejismo de que las aguas retornaban a su cauce se rompió en añicos en el curso de la tercera partida, cuando Jacobo avistó sobre un taburete el último número de la revista de la comunidad judía, que dedicaba su portada a la organización Aurora. El viejo abandonó el juego, cogió la revista y se dirigió a la sala, donde se tumbó en el sofá para leer el artículo dedicado al Profesor. Al observar la expresión febril de su marido, Rebeca temió que ese hombre a quien siempre había admirado por su lucidez hubiera perdido irreparablemente la conexión con la realidad.

Nuestra señora
del rosario

Un alboroto de silbidos despertó a Rebeca pasada la medianoche. Su marido se estaba ahogando. Tenía los ojos fuera de órbita, como si intentara pedir auxilio a través de ellos, y boqueaba con desesperación. Rebeca le sobó el brazo con la esperanza de que las caricias tuvieran el efecto balsámico de ocasiones anteriores, pero comprobó horrorizada que la agitación del viejo, en lugar de amainar, iba en aumento. Llorando y suplicando a gritos a su marido que resistiera, se sentó en el borde de la cama y llamó por teléfono a su hijo mayor.

—Maldita sea mi vida, ya no puedo más, van a acabar conmigo —gritó Elías al colgar el auricular. Sus alaridos despertaron a Lotty, a la empleada doméstica y a los perros del vecindario, que rompieron a aullar de patio en patio en una cadena de ladridos que se prolongó, en el espacio, hasta el río, y en el tiempo, hasta el alba. Como sucedía cada vez que se presentaba una emergencia con el viejo, Elías se vistió con premura, se enjuagó la cara y acudió con su hija, caminando con toda la rapidez que le permitían sus fuerzas, hasta el apartamento de sus padres. Durante todo el trayecto no dejó de resoplar y quejarse de su existencia, que consideraba la más miserable de cuantas pudieran vivir los seres más desgraciados de la tierra.

  Al observar el estado de su padre, que acezaba con los ojos muy abiertos, Elías se alarmó y llamó por teléfono al médico de cabecera. Con la voz cavernosa de quien ha sido arrancado del quinto sueño, el doctor Rostein pidió a Elías que le describiera los síntomas que presentaba el viejo, le formuló a continuación una serie de preguntas para completar el diagnóstico y, después de procesar toda la información, le ordenó que trasladase en el acto al enfermo a la clínica Nuestra Señora del Rosario. Elías perdió los nervios, gritó a su hija que llamase al servicio de ambulancias, se llevó las manos a la cabeza como si contuviera un globo a punto de estallar, y después de realizar varios movimientos inútiles sobre la misma baldosa volvió a la alcoba donde yacía su padre. Se sentó a su lado, en el borde de la cama, y le acarició con ternura la frente.

—Tranquilo, viejo —le decía una y otra vez. Con la otra mano se frotaba los ojos para reprimir las lágrimas.

  Jacobo Kaplan miraba hacia lo lejos respirando por la boca, algo más relajado. Su mente parecía hallarse en un lugar lejano, remoto en la distancia y el tiempo, al que ningún otro mortal podía acceder. Mientras Rebeca y Lotty se afanaban por animar al viejo, Elías salió alterado de la alcoba, se dirigió al teléfono y despertó a su hermano Isaac para ponerlo al corriente de la situación.

  El doctor Rostein llegó a la clínica poco después de que arribara la ambulancia. Saludó de prisa a Elías Kaplan y entró en la sala de urgencias para examinar al viejo. Una hora después reapareció con una expresión sombría y llamó aparte a Elías. Mientras los dos hombres se alejaban hacia un extremo del pasillo, Rebeca rompió a llorar. Lotty, sollozando, la abrazó.

—Lo veo muy mal —dijo el doctor.

—¿No sale de esta? —dijo Elías.

—Tiene destrozados los pulmones. Hay que prepararse para lo peor.

—¿No hay nada que hacer?

—Siempre hay cosas que se pueden hacer. Lo pueden mandar a Rochester y pagar una fortuna para que lo tengan amarrado a tubos en una cama y torturándolo con operaciones y chequeos. ¿Para qué? ¿Para que malviva unos meses más? Si quieres un consejo, Elías, lo mejor es dejarlo en paz, en el entorno que le es familiar, y que viva tranquilo el tiempo que Dios le dé.

El doctor impartió instrucciones al servicio de enfermería para que trasladaran al paciente a una habitación y reposara allí hasta el día siguiente. Prescribió una larga lista de medicamentos para el anciano y ordenó que a partir de ese momento se mantuviera en su casa una bombona de oxígeno. Por último aconsejó que Kaplan llevase en adelante una vida de reposo absoluto, aunque no le prohibió sus excursiones semanales al club y la sinagoga. Antes de marcharse, Rostein palmoteó a Elías en el brazo y le dijo con aspavientos de desprendimiento material que otro día hablarían con más calma acerca de sus honorarios. "Sí, bandido, quién sabe cuánto vas a cobrar por decir con pose de sabio que no hay nada que hacer con el viejo", se dijo Elías. Después de acompañar al médico hasta la salida de la clínica, se reunió entonces con su madre y su hija, que aguardaban ansiosas en la sala de espera, y las puso al corriente del preocupante estado del viejo, aunque omitió por compasión los aspectos más dolorosos del diagnóstico.

A la mañana siguiente, Isaac Kaplan apareció como un torbellino en la clínica, seguido de su joven y elegante esposa. Palmoteó en la espalda a Elías, cuyo rostro evidenciaba una larga noche en vela, y después abrazó a su madre y a su sobrina Lotty.

—El viejo, cómo está el viejo —dijo con voz acelerada mientras repartía los saludos.

—Cogimos el primer vuelo. Apenas hemos tenido tiempo para dejar la maleta en el hotel —dijo su esposa, orgullosa del esfuerzo que habían realizado para llegar con la máxima prontitud a la clínica.

Rebeca la tomó de las manos y le dijo a lágrima viva, mirándola con devoción:

—Sheila, gracias a Dios que viniste.

Elías dirigió una mirada iracunda a su madre. Cómo que gracias a Dios que viniste. Pero qué diablos significaba todo esto. Él, Elías, era quien se levantaba siempre en la mitad de la noche a atender los problemas de sus padres. Él era el sacrificado, el mártir, no su cuñada, que en una situación tan dramática como la que afrontaban había encontrado tiempo y serenidad de ánimo para depositar sus maletas en el hotel y, seguramente, echarse una nueva capa de maquillaje.

—Nada de llantos, doña Rebeca —reprendió cariñosamente Sheila a su suegra—. Ya verá cómo don Jacobo se pone bien.

Mientras las dos mujeres intercambiaban palabras y caricias, Elías se apartó con su hermano, encendió un cigarrillo y le reveló en su cruda literalidad el diagnóstico del doctor Rostein.

—Así que se nos va el viejo —dijo Isaac con voz trémula, mirando a lo lejos por la ventana.

Los dos hermanos entraron con expresión lúgubre en la habitación donde convalecía su padre. Lo encontraron tendido boca arriba en la cama, con una mascarilla de oxígeno sobre la nariz y la boca, durmiendo a pierna suelta por efecto de un potente somnífero. En un rincón de la alcoba, una enfermera joven ordenaba unos frascos de medicamentos.

—Pobre viejo —dijo Isaac acariciando la frente de su padre. En el otro lado de la cama, Elías se enjugó los ojos.

Al mediodía, cuando el sol reverberaba con furor en las ventanas de la clínica, Sheila tomó del brazo a Rebeca y la invitó a almorzar en el hotel donde se hospedaba. Isaac celebró con palabras elogiosas la iniciativa de su mujer y anunció por su parte que él aprovecharía el par de horas muertas para reunirse con un proveedor y resolver algunos asuntos empresariales pendientes.

—Eso, a divertirse mientras el viejo se muere —farfulló Elías al verlos alejarse por el pasillo. Se llevó otro cigarrillo a la boca. Tenía tan alterado el pulso que le costó trabajo hacer coincidir la llama del encendedor con la pequeña superficie circular de tabaco. Él almorzó con su hija en el restaurante de la clínica, un recinto estrecho con olor a apósito e iluminado por una luz mortecina. Lotty se resignó a soportar durante toda la comida las caras largas de su padre, que comía con movimientos nerviosos y resoplaba al masticar. Apenas hubo saciado el hambre, Elías apartó el plato como si le molestara su presencia, echó un vistazo al reloj y procedió a tamborilear sobre la mesa. Lotty agradeció a Dios que hubiera concluido el almuerzo y guardó en su bolso la manzana del postre con el propósito de comerla con tranquilidad más adelante. De vuelta en la sala de espera, Elías se dedicó a ojear una vez más el periódico, que no había parado de leer durante toda la mañana, y Lotty se abandonó a sus pensamientos con la cabeza recostada al respaldar del sofá. A media tarde, Isaac reapareció en la clínica, presuroso como de costumbre, para dirigir el traslado de su padre de vuelta al hogar.

La familia. Los amigos

LA TARDE FLUYÓ CON languidez, como navegan al atardecer los planchones por el río Largo rumbo a la desembocadura. El anciano la dedicó a dormir, y la familia a conversar. Edith depositó sobre la mesilla de cristal una bandeja con tazas de café y galletas. Sheila se sentó en el sofá junto a Rebeca, que para entonces era la única persona que desconocía en toda su dimensión la gravedad del estado de su marido, y la colmó de mimos. La anciana, a su vez, acariciaba las manos de su nuera con la veneración de quien toca a una santa. Isaac se quitó los zapatos y los calcetines, encaramó los pies a la butaca, postura que adoptaba cuando se sentía en una atmósfera de gustosa intimidad, y se entregó a evocar con nostalgia viejas anécdotas familiares.

—¿Se acuerdan de cuando el viejo me dio una tunda por robarle unos mangos a los Baena? Me dejó las piernas moradas con los correazos. El viejo siempre ha sido así, recto como un roble.

—Cariño —dijo Sheila—, echa ese cuento que me contaste una vez de cuando don Jacobo tuvo que salir a defenderte por lo del balón.

Isaac sonrió remolón y se mostró renuente a contar aquella historia.

—Por favor, tío, cuenta —dijo Lotty con las manos en actitud implorante. Estaba excitada por ver a su familia en una rara escena de distensión y deseaba que ese momento mágico se prolongara eternamente. Elías experimentó una vaga sensación de tristeza al ver a su hija tan ávida de calor familiar, pero no elaboró ninguna reflexión más allá de la mera constatación del hecho.

Vencido por la presión afectuosa de su sobrina, Isaac relató que una tarde, siendo un crío de unos doce años, rompió de un pelotazo la ventana de la casa de unos vecinos de apellido Acosta. El señor Acosta, que gozaba de una bien ganada reputación de cascarrabias, salió como una tromba a la terraza y la emprendió a insultos contra Isaac. Justo en ese momento llegaba el viejo Jacobo del trabajo y, sin saber exactamente qué había sucedido, salió de modo instintivo en defensa de su hijo y poco faltó para que se fuera a las manos con su vecino. Tras un intercambio de gritos que atrajo a todo el vecindario, garantizó al señor Acosta que le pagaría por la ventana rota, pero a continuación le advirtió que le reventaría todas las ventanas restantes y la propia cara si volvía a escuchar de su boca un improperio contra su hijo.

—Me defendió como un león. Pero, eso sí, cuando entramos en la casa me dio tal fuetera que estuve tres días sin poder ir al colegio —dijo Isaac. A modo de corolario, dijo con la mirada extraviada en el vacío—: Así era el viejo, duro, pero recto.

—Cuántos dolores de cabeza le diste a don Jacobo, cariño —dijo Sheila mirando con orgullo a su marido.

—Isaaquito era un *bandit*. Nos tenía locos con sus travesuras. Siempre se metía en problemas —dijo Rebeca. Y agitando el dedo índice, dijo—: Para hacer plata sí que tenía la cabeza bien puesta. Desde chiquito le gustaron los negocios. Una vez me desaparecieron los limones de la cocina y cuando me vine a dar cuenta ya estaba Isaaquito vendiendo limonada a los trabajadores de la construcción de enfrente. Era un negociante.

Isaac escuchó complacido los comentarios que se hacían acerca de sus diabluras infantiles, pero entendió que no debía acaparar el protagonismo de la reunión.

—Elías era el intelectual —dijo para que los halagos alcanzaran también a su hermano.

Elías, que había permanecido todo el tiempo en silencio, fumando un cigarrillo tras otro, apagó el que tenía entre las manos y dijo:

—El intelectual...

Isaac no prestó atención al tufillo amargo que destilaba la voz de su hermano.

—Todo el día te la pasabas leyendo —le dijo—. Recuerdo que leías a Dos Passos, a Saroyan, a Maugham... —Y dirigiéndose a Lotty, dijo—: Pero, ojo, también era un tremendo deportista. Fue campeón de algo, creo que de salto largo, o triple salto, alguna cosa de esas.

—¿Deportista? —dijo Lotty—. Eso no me lo creo.

Isaac miró con seriedad teatral su sobrina.

—Pues te diré algo más —le dijo—. Tu papá no sólo era un gran deportista, sino todo un galán. Tenías que verlo. Decían que se parecía a Errol Flyn.

Sheila vio la ocasión de agradar a su cuñado.

—Todas las niñas de mi edad andaban enamoradas de tu papá, pero él ni las determinaba —dijo a Lotty.

Elías hacía amargos síes con la cabeza tras cada frase que se pronunciaba acerca de su persona, sin dejar de fumar. Jamás lo hubiera admitido públicamente, pero verse en el centro de atención de la familia lo colmaba de felicidad. Y su dicha era doble por compartir una tarde entera con su hermano, a quien en el fondo de su caótico sistema afectivo quería más de lo que imaginaba, que ya era mucho.

—Elías era el intelectual de la familia —dijo Rebeca interrumpiendo momentáneamente las caricias a Sheila—. Su papá lo mimó demasiado. Le compró el mejor piano para que estudiara música. Lo mandó traer de Austria. No había otro piano como ése en Santa María. Todo lo que pedía se lo daba su papá. Si pedía una bicicleta, le traía una de Italia, la mejor del mundo. Por eso nunca aprendió a hacer plata.

—Ya empezamos —farfulló Elías, presionándose el diafragma.

Al escuchar a su madre, Isaac recordó de pronto algo importante y dejó de hurgar entre sus pies.

—Hablando de plata, mamá —dijo—, Sheila ha conseguido una enfermera para que esté todo el tiempo con el viejo. Va a venir esta tarde, está muy bien recomendada —dijo. Y añadió con aire magnánimo—: De su sueldo no te preocupes, que ya está todo arreglado.

—Sheila, Sheila —dijo Rebeca, acariciando a su nuera en las mejillas y mirándola en estado de éxtasis.

Hundido en su sillón, Elías maldijo en silencio al universo y se juró que descubriría el método para corregir el daltonismo así se le fuera en ello la vida misma.

El timbre del teléfono interrumpió la charla. Lotty corrió a contestar.

—Está descansando. ¿De parte de quién?... Anoche... Sí... Sí... El pecho, le dieron unos dolores... Bueno, está mejorando... Ahora está dormido... Bueno... Se lo diré... Sí... Gracias, gracias.

Después de colgar regresó a la sala, donde su familia había permanecido en silencio expectante durante la conversación.

—El viejo Lejman —dijo.

—Ya se ha corrido la voz —dijo Isaac. Su voz traslució una ligera excitación.

Minutos más tarde sonó el timbre de la entrada. Lotty abrió la puerta. En el umbral apareció la figura de una mujer joven, morena y muy atractiva, con el pelo recogido en un moño y los labios pintados de violeta. Era la enfermera. Sheila y Rebeca la acompañaron a que depositara la maleta en la pequeña habitación del servicio doméstico situada detrás de la cocina y después la llevaron a conocer al paciente. El viejo Kaplan se encontraba tumbado en la cama, mirando al techo. Oyó que su nuera le dirigía unas palabras cariñosas y sintió que su mujer lo asía amorosamente por las manos, pero él siguió ausente, sumido en sus pensamientos recónditos.

—Déjenme un ratico con él —dijo la enfermera. Prefería aplicar en la intimidad sus artimañas para granjearse la confianza del paciente. Cuando quedó a solas con el anciano, lo acarició en la frente y le dedicó piropos por el color azul marino de sus ojos. Seguidamente lo condujo al baño para que satisficiera sus necesidades y lo ayudó a ducharse. Después de suministrarle con delicadeza maternal los medicamentos que le había prescrito el doctor Rostein, lo persuadió para que saliera de la alcoba a tomar aire fresco y distraerse un poco con la tertulia familiar. Cuando el viejo apareció en la sala, conducido del brazo por la enfermera, fue recibido con una explosión de alegría.

—Buenas tardes, bello durmiente —dijo Isaac, cediéndole su butaca.

—Abuelo, pareces el pájaro loco —le dijo Lotty, porque sus cabellos estaban alborotados y formaban una especie de cresta. El viejo esbozó una sonrisa tenue al reconocer la voz de su nieta, pero en ningún momento dejó de mirar al vacío, como si todo cuanto sucedía a su alrededor le resultase indiferente. Rebeca y Sheila también aportaron comentarios entusiastas sobre la reaparición del anciano. El único que guardó silencio fue Elías, que miraba hacia el suelo con un cigarrillo en la boca.

De nuevo sonó el timbre de la entrada y esta vez apareció bajo el dintel una anciana diminuta y arrugada, ataviada de sastre azul y un collar de perlas falsas del mismo color que el bolso. Era Sara Furman, mujer chismosa y parlanchina que pasaba por ser la amiga más fiel de Rebeca. Las dos mujeres solían reunirse a diario. Cuando las circunstancias impedían el encuentro personal, mantenían interminables conversaciones telefónicas. Lotty acercó una silla del comedor a la recién llegada para que se sumara al grupo.

—¿Cómo sigue? —preguntó la vieja Furman a Rebeca mientras tomaba asiento.

—Está mejor —dijo Rebeca—. Ha descansado bastante.

—Tiene buena cara.

—Está más animado.

Kaplan escuchaba sin inmutarse el diálogo que las dos mujeres mantenían no sólo acerca de su salud, lo cual era en sí mismo un atrevimiento, sino también sobre su estado de ánimo. ¿Qué sabían esas dos lo que él sentía por dentro? ¿Quién sabía de las penas hondas que atribulaban su alma?

Para animar el ambiente y saciar a la vez su particular sed de conocimiento, Rebeca pidió a su amiga que los pusiera al corriente de los últimos acontecimientos comunitarios. Rebosante de chismes, la vieja Furman no se hizo rogar.

Contó que el hijo de Kertzman y su mujer estaban preparando las maletas para marcharse a Israel, porque, al parecer, atravesaban serias dificultades económicas.

—Negocio que ponen, negocio que quiebra —dijo—. Seguro que si vendieran velas, el sol no se pondría.

Contó que el hijo de Shlomo Kadosh había caído preso en Miami por un asunto relacionado con drogas, aunque se decía que iba a colaborar con la justicia para salir pronto en libertad.

—La plata fácil —dijo Isaac moviendo la cabeza—. Eso es lo que pasa cuando se quiere la plata fácil. La gente ya no quiere trabajar.

Contó también la vieja Furman que el hijo de Mermelstein, el de los muebles, había pedido el divorcio a su esposa después de veinticinco años de matrimonio, al comprobar que la mujer tenía un amante con el que llevaba mucho tiempo citándose a escondidas. Un detective privado los había fotografiado justo en el momento en que entraban en un motel a las afueras de la ciudad.

—Yo la he visto a ella en la capital. Tantas joyas sólo podían adornar a una *curve* —dijo Isaac.

—La comunidad no es ya lo que era —suspiró Rebeca—. Los unos se van con las otras, las otras con los otros... A propósito, he oído que Holander, el médico, tiene amoríos con la hija de Margolis, la que está casada con el *potz* ese, cómo se llama, el de la fábrica de colchones.

Isaac hizo un ademán de suficiencia.

—Ay, mamá, eso no es nada comparado con lo que pasa en la capital. Adulterios, estafas y amenazas son el pan de cada día. La cosa está tan podrida que les voy a decir algo, y les pido que no se lo cuenten a nadie porque es un asunto muy delicado: en la propia comunidad hay personas que pasan información a bandas de secuestradores y cobran un porcentaje del rescate.

Rebeca se llevó las manos a la boca, impresionada por la revelación de su hijo.

—¡Entre los propios judíos! —exclamó.

—¿Y tú qué crees, mamá? —dijo Elías—. ¿Que los judíos son mejores que el resto del mundo? Míralos. Hace nada nos estaban matando y ya está cada uno en lo suyo, sin importarle el otro, como si no hubiera pasado nada.

—¿Y eso qué tiene de malo? —dijo Lotty—. Eso significa que los judíos están llevando por fin una vida normal como el resto del mundo. Y la normalidad, por más que te moleste, es que los burros con plata manden, que a los bandidos les vaya bien y que la mayoría de la gente sólo piense en vivir y divertirse sin pensar en cosas trascendentales.

—Habló la sabia —dijo despectivo Elías.

Isaac contó que días atrás había leído en una revista un artículo muy interesante acerca de las amenazas que se cernían sobre el judaísmo contemporáneo. El autor argumentaba que el mundo se hallaba en un momento excepcional de incertidumbre, analizaba algunas experiencias históricas de integración de los judíos en las sociedades gentiles y concluía que el único camino que les quedaba a los judíos para preservar su identidad y sus valores ancestrales consistía en emigrar a Israel.

—Eso, que se vayan todos a Israel, empezando por el articulista, que seguramente vive como un pachá en Miami. Y que los reciba con los brazos abiertos el gran sionista Menajem Luria —dijo Elías. Aludía a un episodio ingrato ocurrido diez años atrás cuando los Kaplan se trasladaron a Israel con la intención de establecerse en el país, y el pariente Menajem Luria birló a Jacobo sus derechos de exención impositiva para comprarse un lujoso coche sueco y un buen lote de electrodomésticos alemanes.

Temiendo que la invocación del caso Luria alterase a su marido, Rebeca apremió con la mirada a Sara Furman para que reanudara el relato de las novedades de la congregación. La anciana dijo que ya se habían presentado las listas para la elección de la junta directiva de la comunidad, una encabezada por el Pote Weinstein y otra por el 'Ministro' Goldblum.

—Einstein y Freud —se burló Isaac y buscó con la mirada la aprobación de su hermano. Elías hizo un leve asentimiento con la cabeza, sin apartar los ojos de la alfombra.

Contó la vieja Furman que el nieto de Markovich se iba a casar con una muchacha cristiana, cuyo padre había sido alcalde de Santa María. La novia se encontraba en esos momentos en Panamá siguiendo un cursillo acelerado de conversión al judaísmo.

—Los muchachos de ahora se van detrás de las *goyes* como los caballos corren detrás de las yeguas —dijo la vieja Furman. Y añadió—: Por más que se conviertan, nunca serán de las nuestras. Una *goye* podrá aprender de memoria la Torá, pero nunca sabrá preparar un verdadero *gefilte fish*.

Elías sintió una punzada en el fondo de su alma y aplastó con violencia el cigarrillo en el cenicero.

—Si tiene plata, la *goye* hará un *gefilte fish* hasta con carne de cerdo y toda la comunidad le comerá de la mano —dijo mirando a la vieja Furman, pero dirigiéndose también a todos sus familiares, que con su silencio parecían compartir la afirmación de la anciana—. ¿Acaso la mujer del 'Pepino' Feinberg, esa *curve* que fue reina del Carnaval, no ha llegado a presidenta de la Wizo sin saber decir ni *shabat shalom*? —Y agitando con furia el dedo índice, dijo—: Le aseguro, doña Sara, que mi nuera la *goye* tiene más esencia de *yid* que la mujer de Feinberg y que el propio Feinberg, que de judío sólo tiene el Maguén David de oro macizo que lleva colgando del cuello como un mafioso.

La agresividad de Elías dio paso a un silencio tenso. Todas las miradas se dirigieron al viejo Kaplan, que había salido de su estado de petrificación y hacía unos movimientos pendulares con la cabeza. Elías respondió a las señales de su padre con una inhalación larga y ruidosa de aire, seguida de una exhalación igualmente prolongada y sonora. Sheila, nerviosa, vio conveniente un cambio inmediato en el rumbo de la conversación y preguntó a la vieja Furman por la inminente boda de la nieta de Bernardo Klein con un muchacho de Venezuela. La anciana contó que, según algunos comentarios que circulaban en el club, el novio era hijo de un magnate sefardí de origen búlgaro que se dedicaba a negocios relacionados con el petróleo. Los padres de la novia estaban dispuestos a no escatimar gastos para la fiesta con el fin de impresionar a los futuros consuegros. Habían encargado el vestido de boda a un famoso modista de París e importado porcelanas numeradas de Lladró para colocarlas como centros de mesa. Más de mil personas estaban invitadas al enlace, que se celebraría en el hotel Los Rosales.

—¿A ustedes los han invitado? —dijo Isaac a su madre.

Rebeca pidió a la empleada doméstica que le acercara la correspondencia recibida en los últimos días y que, debido a los trastornos familiares, seguía cerrada. Abrió los sobres, uno por uno, muy despacio, cohibida por el silencio expectante que reinaba a su alrededor, y comprobó que todos contenían mensajes publicitarios, extractos bancarios o cobros de la más diversa índole. Rebeca levantó la vista y miró temerosa a su hijo Isaac, como si fuese la culpable de que no hubiese llegado la invitación, pero Isaac estaba concentrado en la difícil tarea de arrancarse con las manos un trozo sobrante de uña en un dedo del pie.

—¿Usted está invitada? —dijo Elías a la vieja Furman.

—¿Yo? —se echó a reír la anciana, sorprendida de que a alguien se le ocurriera que ella, una viuda modesta que vendía pasteles para complementar los intereses que recibía de una pequeña cuenta de ahorros, pudiera estar invitada a la fiesta de los Klein.

—Entonces para qué habla de esa gente —reprendió Elías a la vieja, que bajó la cabeza y prorrumpió en una risilla nerviosa.

—Cómo han cambiado las cosas —dijo Isaac—. Hace unos años, cuando alguien hacía una fiesta invitaba a toda la comunidad. Era impensable que se dejara a alguien por fuera. Tal vez Lotty tenga razón y lo que pasa es que nos hemos vuelto normales.

Una vez más sonó el teléfono. Era Pinjas Alterman, que llamaba para interesarse por la salud de su compañero de dominó. Edith, que venía de la cocina con una bandeja cargada de arepas, se detuvo a contestar y proporcionó al viejo Alterman la información que requería. Instantes después volvió a repicar el aparato. Esta vez fue Lotty quien contestó.

—De nuevo don Shímale —dijo al colgar—. Se ve que te quiere, abuelo. Ya van dos veces que te llama.

El viejo Kaplan no respondió. Estaba convencido de que el interés de Shímale Lejman por la evolución de su salud no respondía a motivaciones afectivas, sino a la necesidad de escuchar palabras optimistas sobre el estado de un hombre de su edad que le permitieran alimentar sus propias esperanzas de longevidad. Abrumado por la fatiga y el hastío, asqueado de un mundo en el que ya no sentía cabida, Kaplan hizo una seña a la enfermera para que lo condujera de regreso a la habitación.

—¿El rabino no está en la ciudad? —dijo Isaac cuando su padre se hubo alejado.

—Sí que está —dijo la vieja Sara—. Cuando venía para acá lo vi salir de la casa del 'Cachorro' Silverstein. Seguro que fue a visitarlo porque se rompió el tobillo en las escaleras del club.

—Para eso sí se mueve rabi Maquiavelo, para lamerle el culo a Silverstein —dijo Elías.

Isaac consideró inaceptable que el rabino, cuyo sueldo sufragaba toda la congregación, no tuviera ningún acto de deferencia hacia su padre y consideró en voz alta la posibilidad de trasladar su protesta al presidente de la comunidad. Aunque bien pensado, dijo, debía protestar en primer lugar contra el presidente y la junta directiva de la colectividad por incumplir el precepto básico de visitar al enfermo. Mientras sumaba argumentos para el memorial de agravios, Isaac se percató de que, a lo largo de la tarde, tan sólo dos personas habían llamado a preguntar por el viejo. La comunidad no era, ciertamente, un dechado de virtudes, se dijo, pero algo debía estar fallando también en el lado de su familia para que fuese objeto de semejante indiferencia. Su padre era un hombre recto y bueno, pero quizá demasiado orgulloso, y ese defecto podía llegar a eclipsar sus muchos dones. Antes de mudarse a la capital, él, Isaac, tuvo que aplacar en el club más de una tensión que habían provocado las rabietas de su progenitor. Y Elías, con su genio volátil, no contribuía ciertamente a estrechar las relaciones con la congregación.

—La vida en comunidad no es fácil —dijo Isaac—. Hay muchas cosas que no nos gustan, pero eso no se resuelve peleando con el mundo y criticando todo. Hay que ser más tolerantes y, por qué no, un poco hipócritas. Nunca está de más un poco de hipocresía. ¿Acaso ustedes creen que toda la gente que se reúne en el club se estima? Qué va. Mucha sonrisa, mucha paja, pero todos se clavarían con gusto un cuchillo en la espalda. Yo no creo que el hijo de Lejman, ese que es biólogo, esté de acuerdo con todo lo que pasa en la comunidad, pero si hay que saludar, saluda, y si hay que charlar, charla, y ahí está tan tranquilo. Les aseguro que en la capital es mucho peor. Las circuncisiones, los *barmitzvot*, las bodas, cualquier fiesta es un campo de batalla para mostrar quién tiene más que el otro. Tendrían que ver esos festejos de mil y una noches que organizan en la capital. Pero yo digo que allá ellos. Yo hago las cosas como creo que las debo hacer, sin importarme quién es más rico o menos rico, o quién manda y deja de mandar. Cuando quiero ir al club, voy, y si no quiero, no voy, y hablo con el que me da la gana sin esperar grandes conversaciones. No todo tiene que ser filosofía. En las fiestas principales me paso por la sinagoga, y si no me llaman a la Torá, no se me acaba el mundo. Aplico el proverbio de que cuanto más cerca de la sinagoga, más lejos de Dios. Hay que ser menos orgulloso y más hipócrita para ser feliz en esta vida, que es muy corta como para andar con amarguras.

—Has hablado como un sabio, Isaaquito —exclamó Rebeca, deslumbrada por la lucidez de su hijo. La vieja Furman asintió con la cabeza mientras su dentadura postiza libraba una lucha feroz contra un trozo de arepa.

Elías escuchó abrasado por la ira a su hermano. Qué fácil le resultaba exhibir ecuanimidad desde su situación privilegiada de hombre rico. Intuía que el discurso de Isaac iba dirigido no sólo contra su padre, sino también contra él, Elías, en particular la frase de que no todo tiene que ser filosofía. Al igual que el resto de la comunidad, Isaac llamaba filosofía a todo aquello que no fuera chismorrear, hablar de negocios o decir banalidades. Había quienes utilizaban la palabra con sorna. Otros lo hacían con desdén. Isaac la pronunciaba con compasión, porque consideraba que el afán por hablar en todo momento de temas trascendentes, como sucedía en el caso de su hermano Elías, conducía inexorablemente a la soledad y la amargura.

La reunión languideció de modo progresivo y expiró al caer la tarde. Aprovechando un lapso de silencio, Isaac y su esposa se pusieron en pie, se despidieron del viejo, impartieron unas últimas instrucciones a la enfermera y se marcharon a cenar con una pareja de amigos al restaurante más lujoso de la ciudad. Minutos más tarde Elías y Lotty abandonaron el apartamento con la vieja Furman y la acompañaron hasta su casa. Durante el trayecto, la anciana no dejó de exaltar las virtudes de su hijo solterón con el ánimo de despertar el interés de la nieta de Rebeca. Dijo que su Moris era un hombre maduro, trabajador y responsable, y afirmó que si no se había casado aún, a sus cuarenta años, era porque ninguna muchacha había conseguido conquistar su exigente corazón. Lotty imaginó por un momento que se besaba con Moris Furman y un escalofrío de repugnancia le recorrió el espinazo.

—Vieja loca —dijo Elías cuando Sara Furman entró en su casa.

Por la noche, mientras Rebeca se encontraba en el cuarto de baño colocándose la bata de dormir, sonó una vez más el teléfono. La enfermera se levantó de su camastro y atendió el aparato en el comedor. Una voz masculina inquirió ansiosa por el viejo Kaplan. Nerys puso a su interlocutor al corriente de los quebrantos de salud del patrón y le preguntó a continuación su nombre con el fin de informar al viejo de la llamada tan pronto despertase a la mañana siguiente. Pero el cabo Contreras colgó de modo abrupto sin identificarse, en virtud de un compromiso de anonimato que había adquirido con Kaplan al inicio de la aventura.

—Sabía que tarde o temprano le iba a dar el patatús —dijo el agente después de conocer la razón por la que Kaplan había faltado por la mañana a la cita en la cafetería El Cisne.

La revelación

A LA MAÑANA SIGUIENTE, Isaac se presentó en casa de sus padres con la maleta de viaje. Como de costumbre, sus obligaciones lo reclamaban en la capital. Si el doctor Rostein le hubiera asegurado de manera categórica que su padre no iba a vivir más de una semana, por supuesto que habría permanecido a su lado acompañándolo en los días postreros, se había dicho Isaac mientras su mujer preparaba el equipaje en el hotel. Pero no era el caso: seguramente el viejo le ganaría de nuevo la batalla a la enfermedad, como había hecho ya tantas veces pese a los peores presagios. Isaac tenía previsto regresar a Santa María un par de semanas después por asuntos de negocios y aprovecharía la ocasión para visitar a su padre. Dos semanas pasan pronto, se había dicho Isaac mientras su mujer cerraba la maleta con un candado diminuto. Cuando Rebeca abrió la puerta, Isaac ya había conseguido doblegar a su conciencia. Sheila portaba en las manos un ramo de rosas rojas y una caja de chocolates, que su suegra recibió con expresivas muestras de agradecimiento. Poco después llegó Elías, con un cigarrillo humeante en la boca, acompañado de Lotty.

La reunión se desarrolló en la alcoba del viejo, que se hallaba aturdido por efecto de los antibióticos. Edith llevó a la habitación una bandeja con café y galletas y se marchó de inmediato a hacer la limpieza de la casa. Elías e Isaac se alternaban para hacer comentarios optimistas sobre el aspecto del anciano, mientras Sheila se acercaba una y otra vez a la cama para acomodar la almohada bajo la cabeza de su suegro o para sacudir alguna mota de polvo, real o imaginaria, en la sábana. El viejo Kaplan miraba en silencio al techo. En ocasiones respondía a sus familiares con movimientos muy leves de cabeza o de párpados, y la mayoría de las veces dejaba que Rebeca contestara por él lo que le viniera en gana, que casi siempre era exactamente lo contrario de lo que él hubiese deseado decir.

Isaac encendió la radio que reposaba sobre la veladora de su padre con el propósito de descargar la tensión ambiental. Justo en ese momento se emitía un boletín de última hora sobre el fraude bancario que mantenía en vilo al sistema financiero del país. El locutor informó que el banquero de origen judío Marcos Eisen, uno de los principales implicados en el desfalco, había huido en la madrugada a Panamá.

—Ahí está —dijo Elías, señalando acusadoramente al aparato de radio—. Siempre tienen que sacar lo de judío. ¿Por qué tiene que decir que es judío? ¿Por qué no dice de los otros bandidos que son católicos?

—Cuando hablan de Woody Allen bien que te gusta que digan que es judío. Para lo bueno sí, ¿verdad? —dijo Lotty con tono agresivo.

Elías dirigió una mirada fulminante a su hija y subrayó su irritación con un resuello.

El locutor había pasado entretanto a otra noticia.

—La aviación israelí atacó anoche posiciones palestinas en el sur de Líbano y mató a medio centenar de personas, entre ellas siete niños. Varios dirigentes mundiales han condenado en las últimas horas este acto de agresión, que complica la grave situación de la región.

Elías miró a su hermano con los brazos en cruz y expresión de mártir, como si dijera: "Y después la ingenua de mi hija dice que no hay antisemitismo".

—Tu papá tiene razón, Lotty —dijo Isaac—. Ni él ni yo decimos que todo el mundo esté contra los judíos. Lo único que decimos es que el antisemitismo tiene cada vez más fuerza. ¿Y sabes por qué? Porque lo financian todos esos jeques y reyezuelos árabes corruptos. En vez de beneficiar a sus propios pueblos, usan toda la plata del petróleo contra los judíos. No soportan que tengamos un estado, que hayamos construido un vergel en el desierto. Lo único que quieren es destruirnos. Quisiera saber qué harán esos sátrapas el día en que se fabriquen automóviles sin gasolina. Te aseguro que vagarán como perros en el desierto.

—Qué inteligente —exclamó Rebeca maravillada por el razonamiento de su hijo y, particularmente, por la utilización que hacía de vocablos cultos como "sátrapas". Sobando a su marido en el brazo, le dijo—: ¿Has oído a Isaaquito?

—Pues una de mis mejores amigas es Laila Aljure —dijo Lotty, de espaldas al grupo, mientras se colocaba una horquilla en el pelo frente al espejo del tocador.

Isaac dirigió una mirada interrogativa a su hermano.

—Es la hija del palestino antisemita ese que escribe artículos contra Israel —dijo Elías—. Tú lo conoces, Aljure, el de los tejidos. Habla de Palestina como si existiera, y lo peor del caso es que se lo permiten en los periódicos. Como es rico le dejan decir cualquier disparate. Odia a los *yidn*. No me extrañaría que esté dando plata para la organización Aurora.

Al escuchar la última frase, Jacobo Kaplan se removió en la cama como una ballena herida a arponazos. Rebeca, que permanecía de pie junto a la cama, miró angustiada a su marido e intentó tranquilizarlo sobándole el brazo. Los demás se miraban sorprendidos entre sí, preguntándose con muecas por el motivo de la alteración del viejo. Sin apartar la vista del techo, Kaplan se fue sosegando de modo paulatino hasta recobrar la calma. Un silencio incómodo, sólo roto por los jadeos intermitentes del anciano, se apoderó de la habitación. Elías encendió un cigarrillo. Lotty se sentó en el borde de la cama junto a su abuelo, mientras Rebeca, llorosa, acariciaba a su nieta. Isaac dejó transcurrir un par de minutos para cerciorarse de que la situación de su padre se mantenía estable, y entonces echó un vistazo a su reloj de manilla dorada y se puso en pie.

—Tenemos que irnos —dijo haciendo una seña a su mujer.

Los dos se acercaron con sigilo al viejo y lo besaron en la frente. Seguidamente se despidieron de Elías y Lotty y salieron de puntillas de la habitación, seguidos por Rebeca. Cuando se disponían a abandonar el piso, la anciana aferró a su hijo por las manos y le dirigió una mirada cargada de angustia. Isaac consultó el reloj que colgaba en la pared del comedor. Aún disponía de unos minutos para atender a su madre.

—Qué pasa, viejita —le dijo.

Rebeca rompió a llorar. Isaac hizo un ademán a su esposa para que soltara la puerta del ascensor.

—Cuéntame qué pasa —dijo de nuevo a su madre.

—Es tu papá —gimoteó la vieja.

—Qué pasa con papá.

Rebeca desveló entonces, entre lágrimas, el secreto que había jurado guardar en el nombre de Shmulik.

Isaac quedó estupefacto.

—¿Y me lo vienes a decir justo ahora cuando va a salir el avión? —dijo.

Volvió a zancadas a la alcoba, entreabrió la puerta y llamó con la mano a Elías, que salió de inmediato, sorprendido por la expresión sobresaltada de su hermano.

—¿Sabes en qué anda papá? —dijo Isaac, revolviendo con las manos las monedas y llaves que cargaba en los bolsillos del pantalón.

Elías subió los hombros con gesto interrogativo.

—Anda persiguiendo a un alemán. Se le ha metido que el dueño de un restaurantucho de playa es el dichoso Profesor ese y lo quiere capturar para llevarlo a Israel. En eso anda papá.

Elías dirigió una mirada iracunda a su madre y le preguntó a voz en cuello por qué no lo había informado a él de las andanzas del viejo. Aturdida por los gritos de su primogénito y aterrorizada por haber roto la promesa de confidencialidad formulada a su marido, Rebeca incrementó la intensidad de su llanto. Sheila corrió a su lado, la abrazó e intentó calmarla con caricias en el cabello.

—Habrá que hacer algo con el viejo —dijo Isaac. Mirando a su hermano, le dijo en un tono al mismo tiempo amable e imperativo—: Mientras busco una solución, tú que estás aquí deberías echarle un ojo.

Elías abrió los ojos como si fuese a desollar vivo a su hermano.

—Tú que estás aquí, tú que estás aquí... —aplastó en el cenicero el vigésimo cigarrillo del día. Elevando la voz, dijo—: Sí, ya sé que estoy aquí, pero tengo también mi vida. Yo estoy tan ocupado como tú, mi tiempo vale tanto como el tuyo. En vez de decirme que le eche un ojo al viejo, por qué no te quedas unos días con él mientras yo acabo mi proyecto. ¡Yo también tengo proyectos!

Isaac, que no era persona de enredarse en discusiones improductivas, consultó una vez más el reloj, hizo un chasquido de desagrado con la lengua y se dirigió a la cocina. Desde la puerta, impartió instrucciones a la enfermera para que, en adelante, no se despegara del viejo y mantuviera a Sheila al tanto de cualquier conducta anormal que percibiera en su paciente. A continuación besó a su madre y le dijo con ánimo tranquilizador que en dos semanas volvería a la ciudad.

Cuando Isaac y su mujer se hubieron marchado, Elías culminó su proceso de combustión. La emprendió a voces contra su madre por confiar más en Isaac que en él, acusó a su hermano de haberse mudado a la capital con el único objetivo de desentenderse de la vejez de sus progenitores, denigró a los dirigentes de la comunidad por no visitar a su padre enfermo, y su ira aumentaba a medida que su madre le rogaba que bajase la voz, y maldijo el día en que nació, y pidió a Dios que esa fecha de oscuridad fuera borrada de los días del año, y preguntó a los cielos por qué no lo hicieron expirar en la matriz o al salir del vientre, y cuando agotó su repertorio de imprecaciones y lamentos, abandonó el piso de un sonoro portazo y se dirigió temblando de rabia a su casa.

A media tarde se encontraba Lotty conversando por teléfono en la sala de su casa, cuando vio emerger del dormitorio del fondo el rostro transfigurado de su padre, que parecía recién levantado de una siesta tempestuosa. La muchacha colgó abruptamente, sin despedirse de su interlocutor, y permaneció inmóvil junto al aparato a la espera de que se diesen las condiciones para reemprender la conversación. Elías avanzó unos pasos, hasta situarse en el límite entre el comedor y la sala y miró a su hija con los ojos centelleantes de ira.

—Se van a acabar tus andanzas —le dijo agitando el dedo índice—. Esta noche vas a ir a la sinagoga.

Lotty lo miró atónita.

—¿A la sinagoga? ¿De qué estás hablando?

—Sí, a la sinagoga —gritó Elías—. Tu abuela me ha dicho que los jueves el rabino organiza en la sinagoga charlas y actividades para los jóvenes.

Lotty no salía de su estupefacción.

—¿Y desde cuándo te interesa lo que haga el rabino? ¿No dices todo el tiempo que es un farsante? Además, a mí no me interesa ir a ninguna charla —dijo, y se marchó a su habitación haciendo retumbar las pisadas por la furia que la embargaba.

—Qué quieren de mí, me van a matar, me van a matar entre todos —gritó Elías en medio de la sala, con las manos empuñadas, mirando hacia el pasillo por el que Lotty acababa de desaparecer. Después de ese intento por reconciliar a su hija con la vida comunitaria, ordenó un café a la empleada doméstica y se encerró en la habitación con el firme propósito de retomar el proyecto de la lente multifocal y no despegarse de él así se cayera a su alrededor el universo en pedazos.

Tumbado en la cama, Jacobo Kaplan había escuchado por el resquicio de la puerta todo cuanto se había hablado en la sala de su casa. Rebeca lo había traicionado. Había profanado el nombre de Shmulik, el nieto amado. Pero no se lo echaría en cara: bastante esfuerzo había realizado la pobre para guardar hasta ese día un secreto tan formidable. Lo que preocupaba en ese momento al viejo Kaplan eran las consecuencias que se podían derivar de la delación de Rebeca. Todas las reflexiones a ese respecto desembocaron en una misma conclusión: debía poner fin inmediato a su convalecencia y precipitar la captura del Profesor. No podía perder un día más. Para ello necesitaba, como primera medida, deshacerse de la enfermera y recuperar la libertad de movimientos que su hijo Isaac pretendía cercenarle. A partir de ese instante procedió a hacerle la vida imposible a su cuidadora. Rehusaba tomar las medicinas cuando ella se las proporcionaba, alegando que obraba con brusquedad; por la mañana la acusó de robarle un billete de quinientos pesos que había dejado en la veladora; por la tarde aseguró que la había sorprendido escupiendo en la sopa. De ese modo se cargó de argumentos para exigir a Rebeca, dos días después, el despido inmediato de la enfermera. La muchacha recogió sus pertenencias y abandonó el piso convencida de que su paciente había entrado en un estado irreversible de demencia senil. Cuando Rebeca llamó por teléfono a Isaac para informarle de lo sucedido, su hijo montó en cólera y prometió que en los próximos días buscaría una solución definitiva al problema.

Los preparativos

Después de dos días de convalecencia, Kaplan volvió a sentirse con fuerzas para andar por sí mismo. Sentado en el borde de la cama, oró bien temprano en la mañana el *Modé Aní* y se dirigió al baño bajo la mirada escrutadora de Rebeca, caminando con paso firme para demostrar la solidez de su recuperación. Al cerrar la puerta del baño se sentó exhausto sobre la tapa del inodoro. Apenas podía respirar. Inhaló con fuerza y lo único que consiguió fue sumar a su sensación de ahogo un mareo que casi lo derriba al suelo. Aunque sus hijos le ocultaban la gravedad de su mal, Kaplan tenía plena conciencia de que se hallaba en el tramo final de su existencia. Miró hacia el techo, en busca del cielo, y rogó a Dios que, como hiciera con Sansón, le proporcionase un destello suplementario de aliento para culminar su misión. Emprendió seguidamente el ritual cotidiano de aseo, que culminó, como de costumbre, con la colocación de la dentadura postiza. Al salir del baño reprimió cuanto pudo los jadeos y aspiraciones para evitar que su mujer se percatara de su dramático estado. Durante el desayuno, Rebeca no dejó de observar de reojo a su marido, preguntándose si el susto que acababa de pasar en la clínica lo habría hecho recapacitar sobre su loca aventura, pero la inexpresividad del viejo le impidió extraer conclusión alguna.

A media mañana, Kaplan rastreó por teléfono a Contreras y lo localizó en la cantina Los Compadres. El agente se regocijó al oír la voz del anciano.

—Dichosas las orejas que lo oyen —dijo.

—Ya habrá tiempo para dichas —lo frenó Kaplan—. Por lo pronto vente a mi casa ahora mismo, que tenemos que hablar algo urgente. Coge un taxi y aquí te lo pago.

Media hora después llegó Contreras, intrigado por la premura con que el viejo lo había convocado. Kaplan lo condujo a la sala, pidió a la criada que trajera dos vasos de gaseosa y unas galletas y fue un momento a la habitación a tomar uno de los medicamentos que le había prescrito el doctor Rostein. Rebeca había salido a visitar a su amiga Sara Furman. El silencio era roto tan sólo por los ruidos que producía Edith en la cocina. Al cabo de unos instantes regresó Kaplan a la sala y se sentó en el sofá dispuesto a iniciar la conversación.

—Don Jacobo —se le adelantó Contreras—, no sé por qué me ha llamado con tanta prisa, pero antes de que me diga cualquier cosa quisiera hablar una cosita con usted.

El viejo se puso en guardia. En sus sesenta años de residencia en Santa María había escuchado esa misma frase en los más diversos escenarios y las más variadas circunstancias, y siempre conducía a un mismo fin: pedir, pedir sin misericordia. Conocía a la perfección cuál era la famosa "cosita" de la que quería hablarle Contreras, en cuyo rostro ya se dibujaba el gesto prototípico del pedigüeño. Pese a todo, intentó mostrarse amable.

—Cuéntame —dijo.

El agente carraspeó y pidió con la voz entrecortada por el nerviosismo un adelanto de dinero por su trabajo.

—Aunque sea unos pesitos, para que mi costilla se calme un poco —dijo—. Usted sabe cómo son las mujeres, siempre dando con la lengua, que si esto, que si aquello, que tanto perseguir nazis y que no se ve la plata...

Kaplan, que había empezado a escuchar al policía con la abnegación del sacerdote que atiende las tribulaciones del feligrés, adoptó un gesto amenazante al escuchar la última frase.

—¿Se lo has contado a tu mujer? —dijo.

Contreras tomó conciencia de su desliz.

—Se lo dije por encimita —intentó corregir—; pero tranquilo, que ella es como una tumba.

—Como una tumba... —dijo airado el viejo—. Las palabras son como pájaros errantes. Cuando una palabra sale de su jaula ya no hay quién la controle. ¿No podías morderte la lengua? ¿Qué haces cuando estás trabajando en un caso para la policía? ¿También lo andas contando todo por ahí?

—Tampoco se pase, don Jacobo —replicó ofendido el policía—. Sólo se lo he contado a mi mujer, y por encimita como ya le dije. ¿O es que usted no ha hablado con la suya?

La pregunta restalló como un latigazo en la conciencia de Kaplan. No sólo había desvelado el secreto a su mujer desde el primer día, sino que Rebeca lo había contado a sus hijos en presencia de la empleada doméstica y la enfermera, que seguramente ya lo habrían difundido por todo el vecindario, como cabía esperar en una ciudad de chismosos. El viejo se alarmó al imaginar que en esos momentos el pájaro errante ya hubiera anidado en los oídos del alemán de La Concha. ¡Y en el club! ¡Santo Dios! ¿Se habrían enterado ya en el club? ¿Estarían a esas horas el Pote Weinstein y sus compinches tras las huellas del profesor? Comenzó a faltarle el aire. Había convocado de urgencia a Contreras para acelerar los preparativos del secuestro y ahora comprobaba con alarma que se había quedado corto en el cálculo de la magnitud de la emergencia.

—¿Cómo va lo de los pasaportes? —dijo.

—El mío ya lo tengo. El del alemán me lo dan el lunes.

—¿Vigilaste que le pusieran los datos que dijimos?

El agente extrajo un papel de su cartera, lo desplegó con delicadeza y leyó:

—Saúl Kaplan. Rodoszyce, 14 de agosto de 1901. Viudo. Comerciante.

—Perfecto. ¿Y el escondite?

—También está arreglado. Tengo controlada una choza abandonada en las afueras de Hibácharo. Está en medio del monte, bien escondido. Le aseguro que a ese paraje no llega ni el dengue.

—¿Y el maquillaje?

—Conseguí lo último en el mercado. El Profesor se va a ver tan decrépito que si nos paran no va a ser por secuestro, sino por tráfico de reliquias. Pero tranquilo, que si los ingleses pudieron sacar de Egipto a Tuntakamón, nosotros sacamos a nuestra momia.

—¿Y el somnífero?

—Compré el mismo narcótico que le pusieron al tigre de bengala del zoológico para traerlo sedado desde la India; con eso lo digo todo.

—¿Y el certificado médico?

—Lo que me mandó: Alzheimer terminal. Está firmado por el hermano de mi cuñado, que es médico reputado de la Distrital.

—¿Y tu diploma?

—Ya está. Enfermero de la Trasatlántica, una universidad que ha abierto un concejal amigo mío en Malambo. Lleva la firma del rector y el sello oficial de la Secretaría Departamental de Educación. Quedó tan perfecto que hasta ganas me están entrando de ejercer. Le aseguro, don Jacobo, que su hermano Saúl estará en buenas manos durante el viaje.

A Kaplan no le hizo ninguna gracia el apunte.

—Lo más importante —dijo—, ¿está todo arreglado en el aeropuerto?

—El amigo que le comenté, el de Fronteras, se va a encargar personalmente de arreglarnos la salida el día que le digamos. Me dijo que nos ayudará a salir sin visado, pero que ya no responde si nos paran al llegar a Israel, porque eso ya no es competencia suya. También me ha garantizado que si se le presenta algún problema, que se enferme o lo cambien de turno, dejará todo en manos de alguien de confianza.

—Perfecto —dijo Kaplan—. Cuando tengamos a la rata en la choza, llevamos la silla de ruedas y la muda de ropa. Recuerda el lunes traerme los pasaportes para decidir la fecha de la operación y comprar los pasajes. —El viejo se sacó la billetera del bolsillo trasero del pantalón y dijo—: ¿Cuánto ha salido todo?

Contreras se sacó del bolsillo un papel en el que llevaba las cuentas.

—Mi pasaporte salió por diez mil pesos, que es lo que

marca la ley —dijo—. Aquí está la factura. El del viejo costó el triple, porque el calanchín de la gobernación se me puso exigente con el cuento de que la fiscalía los tiene muy vigilados desde el escándalo de las estampillas. De la droga y el maquillaje aquí le entrego los recibos. La choza dejémoslo en cinco mil pesitos para el viejo de Hibácharo que me dio el soplo. Por el certificado médico déme nomás otros cinco mil para comprarle un detallito al pariente, que se está jugando su prestigio profesional sólo por hacerme un favor. Lo más caro de todo es la untada del de Fronteras, que me pide cien mil pesos por hacer la vista gorda y sellar los papeles de salida. En total, son ciento setenta y ocho mil pesos con cuarenta y cinco centavos.

Kaplan se guardó la billetera, fue a su habitación y regresó con un fajo de billetes. Estaba convencido de que, entre el viejo de la choza, el hermano del cuñado, el calanchín de la Gobernación y el amigo de Fronteras, el policía le había colado en la cuenta algunos miles de pesos de más para su beneficio particular. Pero no puso reparo alguno. ¿Qué significaban cuarenta o cincuenta mil pesos más frente a la magnitud de los acontecimientos que se aprestaba a vivir? Mientras Contreras contaba el dinero, el viejo lo convocó para una nueva visita a La Concha el domingo con el fin de estudiar sobre el terreno las distintas opciones para la captura del alemán. Seguidamente se puso en pie y dio por concluida la reunión.

—¿Y de lo mío qué? —dijo el agente.

—¿De lo tuyo? ¿Te parecen poco la gloria y la fortuna que te esperan a la vuelta de la esquina? A punto estoy de convertirte en héroe, y en vez de tratarme con gratitud me hablas como un concejal a un contratista. ¡Y de lo mío qué! Coge la mitad de lo que me pediste para el viejo de Hibácharo, que por el precio de su soplo cualquiera pensaría que te soltó un huracán.

Shabat

A LA HORA DEL crepúsculo, Kaplan se vistió de traje y corbata, se caló el sombrero, tomó su bolsa de prendas rituales y acudió con su inseparable Rebeca a la sinagoga para la celebración del *shabat*. En el vestíbulo del templo se le acercaron algunas personas a preguntarle por su salud y a todas sorprendió el excelente estado de ánimo que irradiaba el anciano pese a las dificultades que lo aquejaban al respirar. Apoyado en su bastón de empuñadura de alabastro, el potentado Menash Davidovich dijo a Kaplan con una voz cavernosa que le brotaba desde el esófago:

—Dios me castigue con tu enfermedad, para ver si así mejora mi salud.

Kaplan respondía con amable laconismo a las preguntas y los saludos, sin traslucir resentimiento por el hecho de que ninguno de los que ahora exhibían interés por su persona se había tomado el trabajo de visitarlo en los momentos más críticos de la enfermedad. El anciano se regodeaba con la idea de que muy pronto todos esos judíos de pacotilla que incumplían el precepto elemental de visitar al enfermo honrarían su nombre y murmurarían a su paso palabras de admiración.

Cuando el rabino Goldman anunció desde el púlpito el comienzo del oficio religioso, los corrillos se dispersaron y la congregación tomó asiento. El rabino introdujo la mano por debajo del manto de oraciones y extrajo del bolsillo de la camisa un pedazo de papel, que repasó de una rápida ojeada antes de guardárselo de nuevo.

—Estamos contentos de tener entre nosotros a nuestro hermano José Silverstein, que con la ayuda de Dios se ha recuperado de la lesión que sufrió en la pierna —dijo, y dirigió una sonrisa al Cachorro Silverstein, que este correspondió con una leve inclinación de cabeza.

—También nos alegra el restablecimiento de don Jacobo Kaplan, a quien deseamos largos años de dicha y bienestar —dijo a continuación, e hizo un gesto al nieto menor de Duved Kligman, que ese día se estrenaba como cantor, para que iniciara el rezo.

A Kaplan no se le escapó la diferencia entre las dos salutaciones del rabino. Para Silverstein, risitas y miradas cómplices. Para él, palabras de trámite. Sin embargo, en lugar de marcharse a casa para evidenciar su indignación, el viejo tomó esa noche la determinación de permanecer en el templo y demostrarse a sí mismo que la lucha valerosa que libraba contra el Profesor lo había inmunizado contra las miserias de sus correligionarios. Cuando el nieto de Kligman inició el cántico con su voz femenil salteada de gallos, Kaplan dijo para sus adentros:

—Que cante el nieto de Kligman.

Como de costumbre, la ceremonia transcurrió entre los murmullos incesantes de la congregación y los reclamos periódicos del rabino para que se guardara silencio. Y así, entre los gallos del nieto de Kligman, los cacareos de la colectividad y los bramidos del rabino, llegó el momento de recibir el *shabat*. La comunidad se puso en pie, se giró ciento ochenta grados hacia la entrada principal de la sinagoga y entonó el *Lejá dodí* para dar la bienvenida a la novia simbólica del pueblo de Israel. Kaplan acarició por un instante la ilusión de que aparecería en el pórtico su nieta Lotty vestida de blanco, tomada del brazo por el hijo del presidente de Israel; pero sólo vio una barrera de espaldas y nucas y, más al fondo, la negrura profunda de la noche.

Después de la recepción del *shabat*, la congregación tomó de nuevo asiento. El rabino Goldman se dirigió al atril e indicó con un ademán al joven cantor que descansase. Era el momento del comentario semanal. Con su voz grave de terciopelo que embriagaba a los ancianos y a más de una mujer madura, el rabino inició su disertación.

—Esta semana que termina se produjo un hecho que, de confirmarse, sería una buena noticia para el pueblo judío —dijo—. Me refiero a la muerte en Brasil del cabecilla de la organización Aurora.

Rebeca Kaplan observó de reojo a su marido, intentando calibrar los efectos de la afirmación del rabino acerca de la muerte del Profesor. Para su pesar, no descubrió señal alguna de desaliento. Por el contrario, el viejo miraba hacia el púlpito con gesto desafiante; sus ojos parecían advertir que, muy pronto, el rabinito y toda la comunidad se enterarían de que el Profesor estaba vivo, más activo que nunca y a sólo un par de horas de la sinagoga donde ahora se certificaba alegremente su defunción.

—Traigo a colación este asunto de la máxima actualidad —prosiguió el rabino— para invitarlos a una reflexión que aparentemente no guarda relación con el tema, pero que la tiene de sobra. Hablo de la identidad judía. Del ser judío. A lo largo de la historia, nuestros numerosos enemigos nunca han tenido dificultad para identificarnos. Pero nosotros, ¿sabemos qué somos?

Un murmullo de curiosidad recorrió las primeras filas de asientos, donde se concentraban los ancianos, los más propensos a olvidar que ese mismo tema ya lo había abordado el rabino al menos ocho veces en lo que iba del año. Satisfecho por el interés que había suscitado su propuesta, el rabino procedió a desarrollar su discurso.

—Todos sabemos que para ser judío basta con haber nacido de madre judía —dijo—. Pero para ser un buen judío, que es lo que de verdad importa, se necesitan más cosas. Me refiero a principios, valores, educación. El problema radica en cómo ser un *buen* judío en estos tiempos que corren, en los que predomina la soberbia, el dinero fácil y la ostentación.

—Da nombres, cobarde, da nombres —farfulló entre dientes Kaplan.

El Pote Weinstein estiró inquieto el cuello. No se sentía a gusto con ciertos sermones del rabino. Los encontraba un poco, cómo decirlo, revolucionarios. Que hablara de la falta de valores no estaba mal, porque saltaba a la vista que la juventud padecía una desorientación preocupante; pero existían muchas maneras de enfocar el problema sin necesidad de mencionar como un latiguillo la referencia al dinero fácil. Además, para dinero fácil, el que ganaba el rabino, que no arriesgaba un pelo de su hermosa barba por conseguirlo. Weinstein se ajustó el nudo de la corbata. Ya se pondría de acuerdo con los otros miembros de la junta directiva para hablar detenidamente con el rabino sobre el contenido de sus prédicas. Ajeno a las reflexiones de Weinstein, el rabino prosiguió su discurso.

—Hace ocho siglos —dijo—, el sabio Maimónides definió trece principios de fe que, desde su punto de vista, debe cumplir un buen judío. El primero consiste en aceptar la existencia de Dios. Pero los postulados de nuestro gran filósofo nunca han alcanzado la categoría de dogma, por la sencilla razón de que el judaísmo no reconoce dogmas. Después de siglos de debate, la única definición sobre la que existe acuerdo es que judío es hijo de madre judía. Y si nos atenemos a la literalidad de esta definición, nos encontramos con la situación paradójica de que se puede ser judío incluso sin reconocer la existencia de Dios. O sea, en contra del precepto fundamental que señalaba Maimónides.

—Y dale con Maimónides —refunfuñó Kaplan desesperado al ver que el discurso se apartaba de la línea argumental contra el dinero fácil.

—¿Cómo es eso de que se puede ser judío sin creer en Dios? ¿Adónde quiere ir a parar? —dijo a su vez el Pote Weinstein entre dientes y cruzó una mirada con León Leibovich, el Conde Popó, que en más de una ocasión había manifestado sus reparos sobre determinadas actitudes, en su opinión demasiado liberales, del rabino.

—El meollo de la cuestión —prosiguió el rabino, reacomodándose el manto de oraciones— radica en que el judaísmo es un concepto muy complejo que excede el ámbito de la religión. Es, por decirlo de algún modo, un pueblo con una importante dimensión religiosa. Y para complicar más las cosas, un pueblo sin una autoridad central como lo puede ser el Vaticano para los católicos. Esta comunidad decidió en sus días fundacionales adoptar la corriente conservadora. Aquí nadie está obligado a seguir las prescripciones del *kashrut* o a colocarse cada mañana las filacterias. En nuestra sinagoga, a diferencia de los ortodoxos, no separamos los hombres de las mujeres. Alguien podría preguntarse: ¿somos por ello menos judíos que los ortodoxos? La respuesta es simple y rotunda: de ninguna manera. Entonces, y volvemos al punto de partida, ¿qué significa para nosotros ser judíos?

Aizic el Galitziano, que se había dormido durante el discurso, abrió los ojos justo cuando el rabino formulaba la pregunta.

—¿Otra vez? —dijo en medio de un largo bostezo— ¿De qué ha hablado entonces durante la última media hora ese piquito de oro?

Sus palabras desataron una traca de risas entre sus vecinos de asiento. Simulando no haber advertido el revuelo, el rabino pasó a revelar, por fin, el enigma del significado del judaísmo.

—Hace unos dos mil años —dijo—, un gentil acudió donde rabi Hilel y se comprometió a convertirse al judaísmo si el rabino era capaz de enseñarle toda la Torá durante el tiempo que pudiera mantenerse en un solo pie. Rabi Hilel aceptó el desafío y le dijo con una sonrisa: "No hagas a tu prójimo lo que no quieres que te hagan. Eso es toda la Torá. Lo demás es comentario; ve y estúdialo".

Pese a que la anécdota de Hilel era de sobra conocida en la comunidad, el templo se colmó de murmullos de admiración.

—Rabi Hilel vivió hace dos milenios —concluyó el rabino—, pero su lección sigue vigente: no hagas a tu prójimo lo que no quieres que te hagan. Rabi Akiva dijo lo mismo con otras palabras: ama a tu prójimo como a ti mismo. Ese es el precepto que debe guiar a todo buen judío, sea ortodoxo, conservador o liberal, creyente o laico. Ama a tu prójimo como a ti mismo. Ese es, queridos amigos, el principio que siempre diferenciará a un simple judío de un buen judío.

Tras pronunciar con grandilocuencia la última frase, dirigió una mirada al nieto de Kligman para que reanudara el servicio religioso. El muchacho se incorporó del sillón auxiliar, volvió a la mesa ceremonial y comenzó a canturrear inclinado sobre los rollos sagrados, guiándose en la lectura con un indicador de plata. Con la excepción de los bromistas de siempre, que preguntaron en voz baja quién era el que se había puesto en un solo pie, si Hilel o el *goy*, porque el relato se prestaba a equívocos en ese punto, la congregación ponderó favorablemente la conclusión del discurso del rabino. Muchos no acabaron de entender aquello de que un judío pudiera ser ateo, porque de ahí al abandono de la circuncisión sólo había un paso; pero todos recibieron con agrado el mensaje de que el judaísmo podía resumirse en el sencillísimo precepto de amar al prójimo.

—Rabinito hipócrita —masculló Kaplan—. Mucha palabrería bonita para salir al final con un chorro de babas. Tú no amas al prójimo. Si amaras al prójimo me hubieras visitado cuando estaba en la cama muriéndome.

El anciano miró a su alrededor y divisó la cara del viejo Herschel Birmaher, que observaba embelesado al rabino, y se preguntó si ese burro sabría tan siquiera el significado de la palabra prójimo. Y vio al Cachorro Silverstein, tan tranquilo de conciencia a pesar de que un año antes había estafado a un puñado de prójimos en una oscura operación bursátil. Y vio a la esposa del director del colegio Maimónides, mirando ansiosa el reloj, quizá esperando la cita para amar a su futbolista argentino como a sí misma. Y paseó Kaplan la vista por toda la congregación y no encontró a alguien que lo amase a él, salvo su mujer Rebeca, que dijo emocionada:

—Qué lindo ha hablado el *rebe*.

El oficio religioso concluyó con la bendición del pan y la entonación del *Adón Olam*, que los congregados cantaron con un brío especial después de haber constatado la solidez inquebrantable de su judaísmo.

A la salida del templo se sucedieron las despedidas. Los perfumes de los congregados se fundían con el aroma que exhalaban los jazmines y las rosas desde las macetas. La luna, blanca como la cera, flotaba plácida en el cielo estrellado. La brisa arrancaba un rumor suave a las acacias. *"Shabat shalom, shabat shalom"*, saltaba de boca en boca el alegre parabién. El Pote Weinstein cruzaba saludos a diestra y siniestra, sonriente y dicharachero como una reina de carnaval. Los hombres se saludaban con apretones de mano. Las mujeres se besaban en la mejilla. Los adolescentes se esforzaban por parecer mayores para que los adultos les estrecharan la mano en lugar de besarlos como si fuesen críos. Los pequeños revoloteaban alrededor de sus abuelos pidiéndoles dinero. Como un cuerpo extraño, Kaplan se abría paso entre el gentío con el ceño fruncido. En el trayecto sólo estrechó la mano a Shímale Lejman y a su compañero de dominó Pinjas Alterman, y no lo hizo voluntariamente sino porque ellos tomaron la iniciativa de acercarse.

Algunos congregados se marcharon a pie. La mayoría se dirigió a las hileras de automóviles lujosos que se extendían a ambos lados de la calzada frente al templo. Al divisar los movimientos de sus patrones, los chóferes se dispersaron como una bandada de palomas al repicar las campanas y acudieron presurosos a los vehículos. Kaplan dirigió una mirada de reproche a la ostentosa exhibición de coches.

—Dios los ha premiado a todos por amar al prójimo —dijo—. Antes recompensaba con ovejas y camellos; ahora regala chevrolets.

—Shvak —dijo Rebeca tirando del brazo a su marido, nerviosa por las blasfemias que brotaban de su boca.

Como de costumbre, la ceremonia del *shabat* protagonizó la conversación durante la cena en los hogares judíos de Santa María. La mayor parte de los comentarios los acaparó el hijo de Mermelstein, que había acudido a la sinagoga por primera vez desde que reclamara el divorcio a su mujer. La congregación se encontraba dividida respecto ese contencioso matrimonial: David Mermelstein había logrado conmover a media colectividad, sobre todo a los más ancianos, con la actitud devota y digna que había mantenido durante el servicio religioso en compañía de sus hijos adolescentes; pero la otra mitad argumentaba que Mermelstein se merecía su suerte de cornudo por engreído y *potz*.

El caso Mermelstein también fue debidamente tratado en casa de los Kaplan. Sin embargo, Rebeca evitó explayarse en sus apreciaciones porque esa noche tenía un objetivo más elevado que el mero ejercicio del chismorreo. Esa noche iba a realizar la última tentativa por reconciliar a su marido con la comunidad y apartarlo de su enloquecida cruzada contra la organización Aurora.

—Cómo te quiere la gente —le dijo—. Todos se acercaron a saludarte. Hasta Menash Davidovich, que no saluda a cualquiera, se acercó a saludarte.

—Después de rabi Akiva no ha existido un alma tan noble como Menash Davidovich —rezongó el viejo.

—El rabino te dedicó unas palabras muy bonitas —insistió Rebeca—. Dijo que se alegraba de tu recuperación.

—El rabino es tan justo como el Gaón de Vilna. Por eso saludó a los enfermos por orden alfabético: primero Silverstein y después Kaplan.

—Pero criticó a los ricachones —replicó Rebeca—. Les dijo no sé qué de la plata fácil. Tenías que ver al Pote, se puso como un tití.

—Es el jueguito de rabi Maquiavelo. De vez en cuando les clava un alfiler, pero enseguida les lame la herida como un perrito faldero.

El sonido del timbre interrumpió la conversación, que desde la primera frase estaba condenada al fracaso. Era Lotty. Vestía una falda de cuero muy corta y ajustada, exhalaba un perfume embriagante y llevaba los labios pintados de un intenso azul turquí.

—Lóttile, Lóttile —dijo Rebeca meneando la cabeza.

—Ay, abuela, no empieces —replicó su nieta y le estampó un beso en la frente.

Jacobo Kaplan emergió de la cocina, intercambió un beso con su nieta y se acomodó en el sofá de la sala mientras intentaba quitarse con la lengua un resto de pan que le había quedado aprisionado entre los dientes. Lotty se acomodó a su lado, le pasó el brazo sobre los hombros y le rascó suavemente la cabeza con la punta de los dedos.

—Nunca vas a la sinagoga, Lóttile —dijo el viejo.

—Y eso qué, abuelo. Muchas amigas mías tampoco van.

En ese momento sonó el timbre del teléfono y Rebeca atendió. Al confirmar su intuición de que era Sara Furman, fue al dormitorio para poder chacharear cómodamente con su amiga. El viejo Kaplan aprovechó la ausencia de su esposa, que se anunciaba prolongada, para cumplir un propósito que acariciaba desde hacía algún tiempo y que venía aplazando en espera de una ocasión propicia.

—Lóttile, estoy viejo, pronto me iré al otro barrio —dijo tomando entre sus manos las manos de su nieta.

—Qué dices —dijo Lotty—. Hierba mala nunca muere.

—Estoy hablando en serio, Lóttile. Mi hora está próxima. Muy pronto me reuniré con nuestros antepasados. Es ley de vida. Pero antes de marcharme quisiera decirte algunas cosas importantes que quiero que grabes en tu mente y tu corazón.

Y sin esperar el beneplácito de su nieta, procedió a impartirle una serie de consejos con la esperanza de que la ayudasen a ser una mejor judía y una mejor persona en un mundo decadente y plagado de asechanzas. Un mundo donde los valores milenarios de la rectitud y la justicia habían entrado en un proceso irreversible de descomposición.

Consejos

Así HABLÓ A SU nieta Jacobo Kaplan, hijo de Zeev Kaplan, herrero de Radoszyce, descendiente por línea materna del rabino Mordejai Ashkenazi, que alcanzó notoriedad en su tiempo por desenmascarar en un debate público a un farsante que aseguraba ser el Mesías.

—Respeta a tu papá —dijo—, porque serás basura en el muladar si incumples el mandamiento más importante de los que Dios entregó a Moisés en el Sinaí. Todos sabemos que tu papá no es una persona fácil, pero él es quien te ha engendrado y a él le debes la vida. Quiérelo, no le causes disgustos y sírvele de bastón en la vejez.

—¿Bastón? Si está como una rosa. Con lo que fuma, seguro le seré más útil de cenicero —dijo Lotty.

El viejo pasó por alto el comentario ácido de su nieta.

—No te alejes de tu pueblo —dijo—, ni siquiera en los momentos de dificultad. Piensa en todas las pruebas que hemos pasado en nuestra historia. No te voy a decir que los judíos somos la mejor gente del mundo; como en todos los pueblos, hay judíos con buenos sentimientos y también los hay que llevan la maldad en su corazón. Pero todos son tus hermanos y como a hermanos los debes tratar. Ten amigos *goym* si quieres, pero nunca te termines de fiar de ellos, porque esos que hoy tienes por amigos, mañana mismo pueden volverse como fieras contra ti. Recuerda siempre que el antisemitismo es la enfermedad más contagiosa que existe sobre la tierra y que contra ella no se ha inventado la vacuna.

—Por favor, abuelo, estamos en el Caribe. Esto es como un sancocho donde todo el mundo anda mezclado y a nadie le importa si eres esto o lo otro, o si naciste en la Tierra o en Marte.

—Sancocho... Fíate de sancochos. Por más que las pongan en la misma olla y las revuelvan juntas diez días seguidos, la papa seguirá siendo papa y la yuca seguirá siendo yuca, y aunque se sientan iguales siempre saldrá alguien que les recuerde la diferencia. Polonia también era un sancocho y mira lo que pasó en Polonia.

Antes de que su nieta pudiera replicar, el viejo prosiguió su discurso.

—Cásate con un hombre bueno, que te quiera y te respete —dijo—. Trata de que sea *póilishe*, porque tendrá tus mismas raíces y eso fortalecerá el matrimonio. No te unas a un hombre por dinero. Si es rico, mira que lo sea por el trabajo honrado y hazle entender que su dinero no le da poder sobre ti. Si es pobre, asegúrate que tenga espíritu emprendedor y deseos de prosperar. La pobreza no es una desgracia, pero tampoco es un gran honor. Y cuando se prolonga en el matrimonio puede tener el efecto de la gota que golpea sobre la roca hasta quebrarla.

—Abuelo, hablas como si hubiera mucho de dónde escoger. En la comunidad no hay ni un solo muchacho que valga la pena. El último con el que salí, el 'Tote', ¿te acuerdas?, resultó un amanerado. Y aquél que te caía bien, el de la capital, tenía orejas de elefante.

El viejo Kaplan estaba convencido de que esa propensión de Lotty a buscar defectos en todas las personas la había heredado de su padre; pero a pesar de ese lastre aún creía posible reconducir el destino de su nieta.

—Trata a tu marido con dulzura, como si fuera un hermano —dijo—. Prepárale la comida que le guste y cólmalo de caricias para que no busque afuera lo que no encuentra en su propio hogar. Sé discreta, porque la mujer chismosa desagrada al hombre y labra con su lengua su propia desgracia. Haz que tu hogar sea un remanso de paz. Ten presente que el hombre quiere encontrar en su casa calma y no motivos de turbación.

—Eso es plagio —dijo Lotty—; lo has copiado del ayatolá Jomeini.

—Tú búrlate, pero lo que te digo son cosas de sentido común y muy modernas. Ya quisieran las mujeres de Irán, o las de este país, para no ir tan lejos, estar en la misma situación que las nuestras. ¿Cuántos hombres judíos les pegan a sus mujeres?

—Yo no quiero compararme con las mujeres de Irán, sino con las suecas —replicó Lotty.

—Suecas, *shmecas*... Todas son unas *curves* que se acuestan con el primero que ven.

—¿Tú cómo lo sabes, abuelo?

—Yo sé más de lo que crees —dijo Kaplan, y para no enredarse en debates inoficiosos sobre los defectos y virtudes de las suecas dio por cerrado el capítulo sobre el matrimonio y abordó el relativo a los hijos.

—Inculca a tus hijos el valor de la sabiduría —dijo—. La riqueza va y viene, como esos riachuelos que aparecen y se esconden a lo largo de su curso. La sabiduría, en cambio, es un amigo inseparable que lo acompaña a uno durante toda la vida. Haz que tus hijos amen el estudio y lean desde niños. La letra escrita es la mayor gracia que nos ha dado Dios después de la propia existencia, porque es la escalera que nos permite elevarnos sobre los demás seres vivientes. Trata de que tus hijos jueguen ajedrez para que se les desarrolle la inteligencia y que aprendan un instrumento de música para que alimenten su corazón.

—¿Más einsteins? Ni de vainas —dijo Lotty y golpeó con los nudillos tres veces sobre la mesilla de madera—. Cuando tenga mis hijos voy a dejar que hagan lo que les dé la gana, que estudien lo que quieran y que se dejen de tanta filosofía para ver si así les va bien en la vida. Demasiados intelectuales hay ya en esta familia.

Kaplan hacía un esfuerzo descomunal por ignorar los comentarios mordaces de su nieta.

—No hagas caso de los rumores —dijo—. Que los chismes no encuentren morada en tu corazón ni vehículo en tu lengua. Como el lodo que arrastra pepitas de oro, los rumores pueden llevar semillas de verdad, pero no seas tú como esas personas enfermas de codicia que se embarran hasta el cuello por buscar unos gramos de oro en el fondo del lodazal.

El viejo se aprestaba a continuar con sus consejos, que aún se apilaban por montones en su mente y abarcaban las más diversas materias sobre la condición humana, cuando Rebeca regresó visiblemente excitada a la sala.

—Parece que se rompe el compromiso de la nieta de Bernardo Klein —dijo—. Como que el novio se ha enamorado de una turquita.

Lotty dejó a su abuelo con la mitad de la prédica aún en la boca y pidió a su abuela que le diese más detalles sobre la ruptura del noviazgo de Laura Klein, noticia que a esas horas irrumpía como un río desbordado en todos los hogares judíos de Santa María. Mientras las dos mujeres se enfrascaban con entusiasmo en la conversación, Kaplan concentró la mirada en un pequeño cisne de cristal que reposaba sobre la mesa central de la sala y dejó que sus pensamientos erraran con los destellos que producía la figurilla al reflejar la luz de la lámpara. ¿Quedaría al menos una sílaba de sus consejos en la memoria de Lotty? ¿Cómo se explicaba que un chascarrillo barato pudiese ejercer tal poder de seducción en una descendiente de Jacobo Kaplan? ¿Existía aún la posibilidad de enderezar el camino de algún miembro, tan sólo uno, de su familia? ¿Qué sería de la familia tras su muerte? Los interrogantes se apelotonaron en su cabeza y confluyeron como ríos en una sola y rotunda respuesta: debía capturar cuanto antes al Profesor. Era el único asidero que le quedaba para preservar su linaje y poder bajar tranquilo al *sheol*.

La llamada

Rebeca se sobresaltó al oír el timbre del teléfono. Su primera reacción fue consultar el reloj de pared. Eran las cinco y media de la mañana. Apagó a toda prisa el fogón, que acababa de encender con el propósito de preparar una olla de café, y se precipitó al aparato. Respondió con voz aterrada, convencida de que le iban a transmitir una noticia aciaga, porque la experiencia le había enseñado con creces que las llamadas de madrugada suelen ser portadoras de malas nuevas. El viejo Kaplan se había despertado y, sentado en el borde de la cama, esperaba con el oído aguzado y el corazón en vilo el previsible grito de espanto de su mujer.

Cuando la operadora anunció una llamada desde España, Rebeca se aferró con la mano libre al espaldar de la silla para evitar caer al suelo. "Shmulik", murmuró temblando de pánico. Pensó que a su nieto le había ocurrido alguna desgracia, de la que sólo ella sería culpable por haber profanado el juramento que había sellado en su nombre. El viejo Kaplan sintió una punzada en el pecho al escuchar el nombre de su nieto. Al cabo de unos instantes Rebeca irrumpió excitada en la habitación y estalló en una carcajada histérica que acentuó la alarma de su marido.

—Es Shmulik.

—Qué ha pasado.

—Nada, que no calculó bien la hora —dijo Rebeca sin dejar de reír, mientras acercaba a su marido el teléfono inalámbrico—. En España ya es casi mediodía.

Kaplan tomó con mano temblorosa el aparato.

—Shmulik —dijo, y al conjuro del nombre una sonrisa le iluminó el rostro.

—Abuelo, acabo de volver de viaje y tengo en el contestador un mensaje de Lotty contándome lo de la clínica. Cómo te sientes.

El viejo le contestó jadeando por la emoción que el peligro ya había pasado y que se sentía en un estado inmejorable de salud. Seguidamente preguntó a su nieto sobre su experiencia en Madrid, y este le contó que había comenzado a colaborar en una revista de arquitectura. No pagaban gran cosa, dijo, pero era de momento la única oferta que tenía a mano para echar a andar. La conversación discurrió por los ramajes de vaguedad que suelen tomar las conferencias de larga distancia, hasta que el viejo Kaplan cambió súbitamente el registro de voz y dijo:

—Dime, Shmulik, ¿vas a la sinagoga?

—¿Sinagoga? —respondió Samuel—. Abuelo, tú sabes que yo no soy de ir a sinagogas.

—Bien que ibas antes. Eras el mejor *jazán*. La gente se quedaba con la boca abierta cuando cantabas.

—Eso era antes. Y no me digas que cantaba bien, porque me salían más gallos que de los corrales de Pollo Rico.

El viejo no festejó la broma, porque intuía que se trataba de un ardid de su nieto para cambiar el curso de la conversación.

—Hazlo por mí, Shmulik —dijo—. Reúnete con los nuestros. No te digo que lo hagas todos los días, sé que eres una persona ocupada, pero hazlo de vez en cuando. Seguro tendrán un club.

Samuel comenzó a incomodarse por el giro que había tomado la charla.

—Aquí son todos turcos —dijo—. Qué voy a hacer entre turcos.

Sabía de la escasa consideración en que su abuelo tenía a los sefardíes. Kaplan solía calificarlos de "beduinos" y los describía como seres presuntuosos y vanos, más interesados en amasar fortunas que en cultivar el espíritu. Cuando Shmulik o Lotty, entre risas, intentaban desvirtuar su teoría recordándole que Maimónides o Ibn Gavirol eran sefardíes, el viejo Kaplan hacía un movimiento despectivo con la mano y decía: "Eso fue hace mil años, yo hablo de ahora". Kaplan nunca había terminado de aceptar que su hijo menor se casara con una sefardí. Era casi como si hubiese perdido un hijo, ya que, desde el día de su boda, Isaac había volcado su vida familiar y afectiva en el clan de su mujer y, hasta su traslado a la capital, había estado afiliado al club y el templo de los sefardíes. En la conversación con su nieto, sin embargo, el viejo se esforzó por deponer sus prejuicios personales.

—No importa —dijo—. Turcos o no turcos, al fin y al cabo son de los nuestros. Trata de encontrar un rato para ir a la sinagoga. Aunque sólo sea en las fiestas.

—Abuelo, quiero descansar un rato la cabeza. Estoy cansado de comunidades. Bastante ración de club y sinagoga tuve ya en mi vida. Quiero dejar de pensar un poco en los cuatro mil años de historia y pensar en mis veintiséis años de vida.

—Ponme atención, Shmulik —dijo el viejo Kaplan, revolviéndose en el borde de la cama—. Tú puedes hacer lo que quieras, que para eso eres mayor y tienes *séjel*. Pero hazme caso y al menos convierte a tu esposa. Tú has tenido la oportunidad de nacer judío, aunque eso ahora no te parezca importante. Dales la misma oportunidad a tus hijos. Sólo eso te pido.

—Abuelo, lo único que quiero en estos momentos es estar tranquilo para escribir mi novela.

—¿Novela? —dijo el viejo.

Samuel creyó percibir un timbre de alarma en la voz de su abuelo.

—Sí, novela —dijo—. ¿Pasa algo?

El viejo se llevó la mano a la frente. Otra generación de los Kaplan se disponía a vivir en las nubes. ¿Qué significaba todo esto? ¿Un castigo del cielo? Angustiado por el curso que estaban tomando los acontecimientos, intentó explicar a su nieto que una cosa era cultivar el intelecto, virtud que él siempre se había esmerado en inculcar a su familia, y otra, bien distinta, pretender vivir del cuento y de la ópera.

—Shmulik —dijo—, escribe novelas si quieres, pero hazlo en tu tiempo libre. No dejes la profesión. Puedes terminar pidiendo limosna en la calle. Mira a Kafka, al que tanto admiras. Una vez leí en una revista que él trabajaba en una aseguradora y escribía al salir del trabajo. Si Kafka podía hacerlo, tú también puedes.

—Cambiemos de tema. Peón cuatro rey.

—Todo esto es por tu papá. Nunca va a la sinagoga. No le importa nada. Yo sabía que esto iba a pasar.

—Pasar qué, abuelo. Deja de ver problemas donde no los hay. Mi papá es neurótico, irresponsable, impulsivo, criticón, se siente víctima de una confabulación cósmica, nunca ha aprendido a hacer plata, pero, ¿sabes qué?, me divierte ser hijo suyo. No sé si hubiera resistido ser hijo del Conde Popó o de Misha Levy. Me hubieran mandado de niño a campamentos de verano en Estados Unidos y tal vez ahora estaría casado con Raquelita Horowitz y pensando ya cómo celebrar el *bar mitzvá* de nuestro hijo de dos años para que la fiesta sea mejor que la de los Michnik. ¡Qué horror! Abuelo, haber nacido en la familia Kaplan tiene su gracia y en gran parte tú te llevas el honor de que sea así, porque seguro que mi papá es como es por haber sido hijo de Yánkel Kaplan.

—Shmulik, soy viejo, tengo un pie en el otro barrio. Júrame que mis nietos van a ser judíos. Dame esa tranquilidad antes de reunirme con nuestros antepasados.

—Te toca, abuelo. Peón cuatro rey. Cuatro jugadas y lo seguimos por carta.

—Júramelo por mí, Shmulik.

Samuel, que no incluía entre sus planes inmediatos la procreación, cedió por fin al ruego del anciano, agotado por la intensidad de la conversación y convencido de que su abuelo no viviría el tiempo suficiente para verificar las consecuencias del juramento. Cuando colgó el auricular, el viejo Kaplan miró hacia el cielo a través de la ventana y agradeció a Dios por haber iluminado al rebelde Shmulik con la luz del entendimiento. Por lo menos ya estaba resuelto un problema. La redención del resto de la familia correría por cuenta de la captura del Profesor. La hazaña garantizaría a su descendencia un lugar perpetuo de honor en la comunidad, lejos de toda miseria humana e invulnerable a los vaivenes de la historia.

Una venganza y un vaticinio

El club Hebraica bullía en una agitación festiva esa tarde de sábado. La Wizo había organizado un bazar con la finalidad de recolectar fondos para diversos cometidos, como la construcción de un laboratorio de química en el colegio Maimónides y la contratación de un profesor israelí que enseñara bailes hebreos a los jóvenes. Una docena de puestos de venta distribuidos por el jardín exhibían pañolones de seda para señoras, discos de Yaffa Yarkoni o Yeoram Gaón, adornos con motivos judíos para el hogar, libros de fotografías de Israel, pequeños frascos con agua del Mar Muerto y réplicas en miniatura de la tumba de Herzl. Señoras encopetadas y adolescentes bulliciosos atendían los puestos, por los que desfilaba la comunidad en alegre tropel. En la cancha de baloncesto se concentraban las diversiones para los niños, que podían probar suerte jugando a la pesca milagrosa o intentando colocar con los ojos vendados la cola a un burro de cartón. En un rincón del jardín, dos cocineros de delantal blanco y gorro alto asaban churrasco y papa en una barbacoa, cuyo delicioso aroma se elevaba al cielo azul como el efluvio de los guisos de Abel que conquistaron los favores de Dios. Por los altavoces, instalados estratégicamente en los puntos más altos del club, resonaban alegres joras de reminiscencias centroeuropeas y viejas canciones en hebreo que evocaban los días idílicos del nacimiento de Israel. Varios jóvenes invadieron de pronto la terraza y se pusieron a bailar en círculo tomados de la mano. La iniciativa tuvo un efecto contagioso, y al cabo de unos segundos se habían sumado al grupo personas de todas las edades deseosas de girar al ritmo frenético del *Hava Naguila*. El Pote Weinstein no cesaba de deambular entre la muchedumbre y meter conversación a todo aquel que se cruzara en su camino. Lo mismo hacía el Ministro Goldblum, cuyas posibilidades de victoria en las elecciones comunitarias se desmoronaban con el paso de los días. En su ajetreo imparable, Weinstein topó por casualidad con el viejo Kaplan, que se dirigía hacia el pasillo donde estaban dispuestas las mesas de dominó.

—Don Jacobo, cuento con su voto —dijo el Pote con una sonrisa ancha. Y mientras daba al anciano unas palmaditas en el hombro, ya tenía la mirada puesta en otro correligionario que pasaba junto a ellos.

—Te voy a dar yo mi voto, Pote Schmote —masculló Kaplan para sus adentros.

Mientras avanzaba con paso lento hacia las mesas de juego, el viejo observaba atento cuanto acontecía a su alrededor. Vio a muchachas de la edad de Mina con sus esposos y sus hijos, reunidos en felices manadas, como felinos retozones que disfrutan de un día de sol. También reconoció a varios amigos de Shmulik, entregados al trajín festivo, y a algunas amigas de Lotty, que paseaban orondas de la mano de sus novios o de sus jóvenes maridos. Pasó junto a un rebaño de chicas adolescentes que se turnaban para cargar y besar a la nieta del Conde Popó, y más adelante se cruzó con Baruj, el joyero, que iba jactancioso de un lado a otro exhibiendo a su hijo, que acababa de culminar un doctorado de ingeniería en el Tejnión. Un sentimiento de amargura intentó turbar el alma de Kaplan, pero el viejo conjuró la amenaza invocando como un talismán la imagen del Profesor en el banquillo de los acusados. Cuando llegó a la mesa, sus camaradas ya habían iniciado la partida, de modo que arrastró una silla y se sentó entre Shlomo Leibovich y Pinjas Alterman a presenciar el juego. Su lugar habitual había sido ocupado por Meir Friedlander, que se comprometió a cederle el puesto en la siguiente ronda. El grupo se encontraba enfrascado en un debate sobre las inminentes elecciones comunitarias.

—No sé para qué sigue —dijo Leibovich, observando a lo lejos al Ministro Goldblum.

—Nunca se sabe —dijo Alterman—; siempre puede haber sorpresas.

Kligman se giró a Alterman y le dijo:

—Ya veo que vas a votar por Goldblum. ¿No será que te ha ofrecido el puesto de *mohel*?

Todos rieron con la gracia, incluido Alterman.

—Pues les aseguro —dijo— que hace muchos años, en Polonia, tuve que hacer una circuncisión de emergencia, porque el rabino se puso enfermo, y la verdad es que no me salió tan mal.

—Seguro que el pobre al que se la hiciste es hoy el mejor soprano del mundo —dijo Kligman, provocando de nuevo la carcajada general.

Leibovich colocó una ficha en la mesa y dijo:

—A mí me gusta eso que promete el Pote de construir un nuevo club; la verdad es que este se ha quedado chiquito.

—Sinvergüenza —se dijo Kaplan para sus adentros—, a ti lo que te gusta es que Weinstein le daría el contrato a tu nieto. Como si nadie lo supiera.

—Pues a mí me parece mejor la propuesta del Ministro de organizar cada año un encuentro cultural para que vengan muchachos *yidn* de todos los países de la zona y se conozcan unos con otros —opinó Kligman—. Hay que hacer algo para que nuestros muchachos se casen entre ellos. Cada vez hay más matrimonios mixtos.

Friedlander asintió con la cabeza.

—Las *goyes* persiguen a nuestros muchachos porque saben que son buenos partidos y que jamás les van a levantar la mano —dijo.

Kaplan se aprestaba a abandonar la mesa, cuando el ambiente festivo del club se vio alterado por un revuelo procedente del área de los baños y la sauna. Dos jóvenes estaban enzarzados en una pelea a puñetazos, mientras una chica jalaba del brazo a uno de ellos y profería gritos fuera de sí. Toda la comunidad se volcó al lugar donde los muchachos se atizaban con creciente saña. Incapaz de detener la riña, la muchacha se había derrumbado en un bordillo y lloraba tirándose de los cabellos. Varios hombres de mediana edad se interpusieron entre los contrincantes, cuidándose de no ser alcanzados por los golpes, y tras un intenso forcejeo consiguieron dominarlos. Duved Kligman comprobó entonces, estupefacto, que la muchacha era su nieta Miriam, casada desde hacía dos años con el hijo del Cachorro Silverstein.

Una voz autoritaria de varón demandó una explicación sobre lo sucedido. El hijo de Silverstein, que sangraba por la nariz e intentaba zafarse de sus guardianes, la emprendió a insultos contra el otro muchacho, que resultó ser el nieto del 'Negro' Sturman; seguidamente miró a su propia mujer y le dirigió una sola palabra que resultó elocuente para aclarar el motivo del altercado.

—Puta —dijo.

La muchacha arreció el llanto, mientras varias señoras, acuclilladas junto a ella, se afanaban por tranquilizarla. Duved Kligman seguía los acontecimientos desde un segundo plano, paralizado por la conmoción. Abrió la boca para decir algo, pero no le fluyeron las palabras. Quiso moverse, pero sus piernas no le respondieron. Pinjas Alterman intentó consolarlo con palmadas afectuosas en la espalda, mientras Shlomo Leibovich le decía que todos los problemas en el mundo, por graves que sean, tienen solución. Kaplan se acercó discretamente a Kligman hasta situarse a sus espaldas y le susurró al oído:

—Lo importante es que nuestros muchachos se casen entre ellos.

Después de consumar esa pequeña venganza, buscó a su mujer Rebeca para marcharse a casa. Sentía la necesidad imperiosa de descansar a rienda suelta antes de la jornada crucial que lo aguardaba con sus promesas de gloria en el otro lado de la noche.

Como todas las noches de sábado, La Trocha estaba a reventar. Una clientela bulliciosa compuesta casi totalmente por hombres departía en animadas conversaciones sobre todos los temas que pueda concebir la mente humana. Dos camareras ataviadas de minifalda iban y venían entre las mesas en frenético trajín llevando bandejas con platos de butifarra y botellas de ron, aguardiente y cerveza. De tanto en tanto, algún parroquiano se ponía a bailar abrazado a su botella al ritmo de la salsa brava que botaba por el potente altavoz que palpitaba en un rincón de la terraza. Wilson Contreras y sus amigos 'Toto' Santos, 'Bocachico' García y 'Bola de Nieve' Martínez se hallaban enfrascados en un acalorado debate sobre las causas de la mala racha que atravesaba el Sporting Santa María, cuando llegó a la mesa una mujer de piel aceitunada, con un trapo rojo en la cabeza y un lunar vistoso en la mejilla. Vestía falda ancha y de sus lóbulos colgaban grandes candongas doradas.

—¿Quieres saber tu futuro, guapo? —dijo dirigiéndose a Contreras mientras barajaba en el aire un mazo de naipes.

El agente se revolvió incómodo en su silla. Pese a su carácter extrovertido, había situaciones que le provocaban vergüenza, y esta era una de ellas.

—No, la verdad es que yo no creo en esas cosas —dijo.

—Es sólo un momentico, guapetón —insistió la mujer—. Mira, un as de oros, empiezas bien, eres una persona con suerte.

Contreras declinó una vez más el servicio que le ofrecía la adivina, pero la obstinación de la mujer, que lo acosaba con piropos empalagosos, y la presión afectuosa de sus amigos, que se comprometieron a sufragar el coste de la sesión de cartomancia, acabaron por derrumbar la resistencia del agente. La pitonisa acercó entonces una silla, se acomodó junto a Contreras y sin más preámbulos procedió a echar cartas sobre la mesa. Al salir el tres de espadas, sus manos se detuvieron.

—Trabajas en algo que tiene que ver con armas... —dijo—. Vigilante... No... Policía... Me sale que eres policía.

Contreras se sorprendió. Sus amigos lo miraron burlones.

—¿No dizque no creías en estas cosas? —le dijo Bocachico.

La mujer siguió arrojando naipes sobre la mesa, ajena a los comentarios del grupo, y paró de nuevo al aparecer el caballo de espadas.

—Otra vez la espada. Pero ahora vas a caballo con una espada... Persigues a alguien... Sí, andas detrás de alguna persona...

El agente comenzó a inquietarse. La adivina continuó su trabajo sin prestar atención a la expresión atolondrada de su cliente. Esta vez fijó la atención en el as de bastos.

—Veo a alguien con autoridad —dijo—. Un profesor... El hombre al que persigues es un profesor...

Una carta más: cuatro de copas.

—El hombre tiene un negocio con copas, platos... Parece un restaurante...

Seis de bastos.

—Y es un tipo muy peligroso. Aquí se ve clarito: un seis y un cuatro, y bastos después de copas.

Contreras sintió un fuerte mareo. Su sorpresa inicial había atravesado sucesivamente las fases de desconcierto, estupor, pasmo y asombro y había desembocado en espanto.

—Amarillo... —dijo la adivina en presencia del dos de oros—. Veo rubios... Son alemanes... Me salen alemanes por todos lados... Son gente muy peligrosa. Están tramando algo muy malo. Aquí se ve, doble oro después de bastos.

El agente no lo soportó más.

—Dime de una vez cómo va a acabar todo esto —gritó fuera de sí.

Su reacción atrajo la mirada de los parroquianos de las mesas vecinas. Al tomar conciencia de la alteración que había provocado en el establecimiento, sintió vergüenza y hundió la cabeza entre las manos. La adivina, como si nada, procedió a responder con frialdad profesional la pregunta que le había formulado su cliente. Barajó el mazo de naipes, esparció las cartas sobre la mesa y las reunió en grupos de doce. Tomó un tres de copas y lo puso sobre el siete de oros, pero después de una rápida reflexión retiró el tres y lo reemplazó por el rey de copas.

—Ya te lo decía, guapo, la suerte te persigue —sentenció después de mover durante unos instantes las cartas de un lado a otro—. Te salen muchos oros y copas. Todo te va a salir de perlas. Veo fama y fortuna, muchacho. Te vas a hacer muy rico.

Después de pronunciar su vaticinio, la mujer recogió las cartas, cobró los honorarios y se perdió entre el gentío. Contreras, azorado, consideró que lo más apropiado para él era marcharse cuanto antes de la cantina para evitar que sus amigos lo sometieran a un interrogatorio acerca de sus andanzas investigativas. Consultó su reloj y, con el pretexto de que debía recoger un paquete en la casa de sus suegros, abandonó precipitadamente el establecimiento sin atender los requerimientos de sus amigos para que los invitara a una botella de ron y celebrara con ellos su buena fortuna.

Mientras caminaba por la acera llena de grietas, Contreras cavilaba maravillado sobre la experiencia que acababa de vivir. Siempre se había tomado a broma las artes de brujería, pero debía admitir que en su caso la gitana había acertado con una precisión admirable. Y lo más reconfortante de todo era que había vaticinado un final exitoso a la investigación. Entregado a sus ensoñaciones, Contreras no pudo escuchar la carcajada descomunal que estalló en La Trocha cuando los amigos lo vieron doblar la esquina.

—Se lo tragó entero —dijo Bola de Nieve retorciéndose de la risa.

—¿Vieron la cara que puso cuando Rosario le dijo que iba a ser rico? —dijo Toto presionándose con las manos el estómago para aplacar los retortijones.

—La verdad es que tu prima se lució —le dijo Bocachico a Toto—. Por un momento me llegué a creer que era una bruja de verdad.

—Habrá que decirle que era una broma —dijo Bola de Nieve.

—Tranquilo —dijo Bocachico—. Dejémoslo así unos días para ver hasta dónde llega la vaina. Hacía tiempo que no me divertía tanto.

A varias cuadras de distancia, Contreras caminaba eufórico hacia su casa sin saber que dos días atrás su mujer había sentido la imperiosa necesidad de desahogarse y le había contado con pelos y señales a su vecina la loca aventura que traía de cabeza al hogar, que la vecina no había guardado ni cinco minutos su juramento de confidencialidad, que el secreto volaba ya sin ataduras por todo el barrio, y que la historia de la persecución del Profesor había llegado irremediablemente a oídos de sus tres grandes amigos.

—Al final, mucho vacile, y no me he enterado exactamente en qué es que anda Wilson —dijo de pronto Bola de Nieve.

—Por lo que yo he entendido es que anda ayudando a un viejo a coger a otro viejo, en un lío con unos alemanes —dijo Bocachico.

—¿Y no será que se va a ganar una buena plata con el trabajito, y nosotros aquí como unos huevas, riéndonos de él? —dijo Bola de Nieve.

El contacto

EL SOL YA HABÍA aparecido tras las ruinas del Castillo y cumplía como de costumbre su ascensión perezosa hacia el cenit. En el cielo flotaban nubes blancas y algodonosas, que en su lenta procesión por el firmamento azul modelaban toda clase de figuras de vida efímera. Los domingueros arribaban por oleadas y tomaban posiciones en las cabañas o en la franja húmeda de arena. Kaplan y Contreras hallaron una mesa libre en la choza más próxima al restaurante La Estrella. Para alivio del viejo, ese día no trabajaba el hombre flaco que lo había atendido en su primera excursión a La Concha. Lo sustituía una muchachita sonriente, descalza, ataviada de un vestido verde ajado por el uso. Tras ordenar un par de gaseosas, Kaplan se sacó del bolsillo un bolígrafo y una hoja de papel. Ese día vencía el plazo fijado por Contreras para hacer un balance parcial del curso de la investigación y juzgar la conveniencia de proceder o no a la captura del alemán. Cuando el viejo se disponía a garabatear la primera anotación, el agente susurró:

—Don Jacobo.

—Qué pasa —dijo Kaplan, molesto por tan prematura interrupción.

—Mire al restaurante —murmuró el policía.

El anciano miró con ojos entornados hacia La Estrella. Un hombre relativamente joven, rubio y fornido, descendía en ese momento de un jeep destartalado que acababa de aparcar junto a la balaustrada del restaurante. Ataviado de camisa blanca manga corta y pantalones vaqueros, el hombre oteó varias veces a su alrededor, como si pretendiese cerciorarse de que nadie lo seguía, y entró a zancadas en el establecimiento, que a esa hora se encontraba semivacío. Se sentó en una mesa en la terraza y llamó con el brazo en alto a la mujer del alemán. Tras un breve intercambio de palabras, la mujer entró en la casa y al cabo de unos instantes reapareció con una cerveza, que entregó al recién llegado junto con un pedazo de papel. El rubio consumió de dos sorbos largos la cerveza y regresó al vehículo, mirando a diestra y siniestra con movimientos que denotaban sumo nerviosismo.

—El Profesor ha dado la orden de actuar —dijo Kaplan. Palmoteando en el brazo al policía, dijo—: Vamos.

El anciano dejó dos billetes de mil pesos pisados con la base de la botella, alertó a la camarera para que recogiera el dinero antes de que manos más raudas lo hiciesen y se dirigió a la camioneta, donde Contreras ya chancleteaba con tesón y hacía girar una y otra vez la llave del encendido para poner en marcha el vehículo.

El rubio tomó la carretera del Algodón, rumbo al norte de la provincia. Conducía con moderación, por lo que Contreras podía mantener en todo momento y sin mayores esfuerzos el control visual de su objetivo.

—Don Jacobo —dijo en un momento del viaje el policía, bajando el volumen del pasacintas.

—Qué pasa ahora —dijo Kaplan.

—Es que me preguntaba qué hacemos siguiendo a este rubio si ya está claro que el dueño del restaurante es el Profesor. ¿No lo cree una pérdida de tiempo? —dijo Contreras. El vaticinio de la noche anterior le hacía ver con ojos más pragmáticos las necesidades de la investigación.

—Las pruebas nunca sobran, y menos en un caso tan importante como este. Debemos tener todo lo más amarrado posible cuando llevemos al criminal a Israel, para que nadie pueda acusarnos después de haber cometido fallos en la operación. ¿No viste que la mujer le entregó un papel? Tenemos que saber qué hace el hombre con ese papel.

—Sigamos, pues, a ver hasta dónde nos lleva esto —dijo Contreras.

La persecución los llevó al cabo de cuarenta minutos a Rafael Acosta, tierra de latifundios.

—¿Qué lo traerá a este pueblo? —dijo Kaplan.

—Ni idea —dijo Contreras mientras se adentraba por las calles del municipio—. Si hubiera cogido para Puerto Giraldo tal vez podría contestarle algo, porque en ese pueblo hay mucho rubio y podría tener algo que ver con todo este asunto. Pero Rafael Acosta... Lo único que sé de Rafael Acosta es que es plaza fuerte de los nacionales. Aquí barre la gente de la Alianza Nacional desde que Dios creó el mundo.

—¿Alianza Nacional? —dijo Kaplan—. ¿No es ese el partido del hijo del ex presidente Gómez?

—El mismo —dijo Contreras.

—¿Y todavía te preguntas qué hace en este pueblo?

La conversación se vio bruscamente interrumpida cuando el rubio frenó de repente el jeep en una esquina de la plaza central. Después de cerrar con llave la puerta del vehículo, atravesó la calle y se instaló en la terraza de una heladería que, por el estilo moderno de su fachada, debía ser la más elegante del pueblo. Contreras siguió de largo para evitar sospechas, tomó la calle que pasaba frente a la heladería y giró en la siguiente esquina. Tras aparcar la camioneta frente a una ferretería, accedió con Kaplan a la terraza de la heladería por una discreta rampa lateral. Desde la rampa practicaron una rápida inspección ocular del escenario y tomaron asiento a una distancia prudencial del rubio. Un grupo de hombres de mediana edad departía ruidosamente cerca de ellos, en torno a dos mesas juntas abarrotadas de botellas de cerveza. Los contertulios explotaban con frecuencia en carcajadas escandalosas o gritaban piropos a las mujeres que paseaban por la plaza, muy concurrida en esa mañana espléndida. En una mesa próxima a la del rubio se hallaba un mulato corpulento, ataviado de cadenas y pulseras de oro, en compañía de una mujer voluptuosa que agitaba sin cesar su melena de color arropilla. La pareja se miraba en estado de arrobamiento, con las manos entrelazadas, mientras las moscas saboreaban tranquilas el borde de sus vasos de jugo. El rubio miraba ansioso a lo lejos y consultaba sin cesar su reloj.

—De un momento a otro llegará el contacto —dijo Kaplan a Contreras.

El agente no salía de su estupor. Se preguntaba intrigado quién sería ese personaje de comportamiento tan inusual que parecía surgido de una antigua película de espías. Resultaba evidente que no había acudido a La Estrella con el inocente propósito de disfrutar de unas horas de asueto frente al mar, porque en ese caso habría permanecido más tiempo en el establecimiento. Además, estaba el papel. Podía tratarse, ciertamente, del recibo de la consumición. Pero,

¿quién se toma el trabajo de pedir el recibo de una simple cerveza? Enfrascado en sus cavilaciones, el agente levantó maquinalmente la vista y se encontró con los ojos verdes del rubio, que lo escudriñaban con atención. El rubio se puso entonces en pie, dio un último sorbo a su cerveza y echó a andar en una dirección que a Kaplan y Contreras se les antojó coincidente con la mesa por ellos ocupada. El viejo giró el rostro hacia el policía, urgiéndole con la mirada que improvisara alguna reacción. Contreras se llevó instintivamente la mano a la cintura y farfulló una imprecación al comprobar que no portaba la pistola reglamentaria. No les quedó más remedio que aguardar sumisos el desenlace de los acontecimientos. El rubio proseguía su lento avance, con la mirada puesta en Kaplan. Justo cuando pasaba junto a la mesa del mulato de las cadenas de oro, una moto que circulaba con gran estruendo por la calle redujo la velocidad al pasar frente a la heladería. Su ocupante trasero, un jovencito de pelo largo, se sacó una metralleta de la chompa y disparó todo el cargador contra la terraza, mientras el conductor aceleraba con el freno presionado, armando un estropicio ensordecedor y haciendo corcovear la moto como un potro encabritado. Lo que siguió fue el caos. Los cuerpos del mulato y su amante salieron despedidos de sus asientos y fueron a dar al suelo, donde, tras unos breves espasmos, quedaron inmóviles en un charco de sangre. El rubio se desplomó sobre la mesa, se aferró desesperado a uno de los vasos de jugo que bebía la pareja y cayó finalmente al piso en medio de un estrépito de sillas y cristales rotos, con la camisa bañada en sangre. Kaplan y Contreras quedaron paralizados de espanto, al igual que los demás clientes de la heladería. Superado el pánico inicial y extinguido en la lejanía el rugido de la moto de los asesinos, el viejo y el policía se incorporaron de la mesa y retrocedieron unos pasos con la intención de apartarse del escenario del crimen, al tiempo que los curiosos comenzaban a formar un círculo alrededor de los cuerpos yacentes y se entregaban a especular sobre los motivos del atentado. Ninguna de las víctimas les resultaba familiar a los lugareños. Guiado por los ornamentos del mulato, un hombre de mediana edad sentenció que la matanza había sido un ajuste de cuentas entre mafiosos. Su opinión saltó de boca en boca entre la muchedumbre y no tardó en adquirir rango de certeza. Del interior de la heladería surgió un médico de edad avanzada, que se abrió paso a gritos y empujones hasta el sitio donde se hallaban los cuerpos inertes. Acuclillado, tomó el pulso al rubio, le alzó los párpados y le palpó el cuello. Concluido el examen, se incorporó meneando con gesto grave la cabeza. El mismo ritual repitió con las otras dos víctimas, provocando una marejada de murmullos. A lo lejos se oyó el ulular de las sirenas de la policía. Contreras consideró que lo más aconsejable era abandonar cuanto antes el lugar con el fin de evitar interrogatorios embarazosos que pudieran poner en riesgo el operativo contra la organización Aurora y su propia condición de policía. El agente hizo una seña a Kaplan y se escabulleron con discreción por la rampa lateral, en sentido contrario a la turbamulta que acudía a presenciar en vivo y en directo el espectáculo de la muerte.

Durante el trayecto de regreso a Santa María, Kaplan y Contreras intentaron poner en orden las ideas e hicieron con ese fin un repaso de los hechos desde el instante mismo en que apareció el rubio en el restaurante La Estrella. Coincidieron en que el comportamiento del personaje había sido, cuando menos, extraño. También compartieron la percepción de que, en el momento de su asesinato, el rubio se dirigía hacia ellos con la clara voluntad de decirles algo. Pero, ¿qué tenía que hablar con ellos ese individuo? ¿Acaso sabía que le seguían los pasos al Profesor? En ese caso, ¿pretendía amenazarlos o, por el contrario, filtrarles información confidencial sobre la organización Aurora como venganza por algún altercado que hubiera mantenido con su jefe? Por lo demás, ¿era el rubio el objetivo de los sicarios o había caído accidentalmente en un atentado que iba dirigido contra el mulato de las cadenas de oro? Las preguntas se multiplicaban en progresión geométrica a medida que Kaplan y Contreras hilaban los acontecimientos. El viejo no tenía una respuesta particular para cada uno de los interrogantes, pero sí una explicación global a su conjunto: el Profesor estaba detrás de todo. Nada de lo que pasó habría sucedido si el rubio no hubiera acudido a primera hora de la mañana al restaurante La Estrella. Ahí estaba el corazón del asunto; lo demás eran detalles, pequeñas ramificaciones del árbol de la certeza.

El suceso de la heladería convenció a Kaplan de que había llegado el momento impostergable de capturar al Profesor. No habría más desviaciones de ese objetivo así aparecieran frente a sus narices nuevas y atractivas pistas contra el dueño de La Estrella. Estacionados delante del edificio de los Kaplan, el viejo preguntó a Contreras si estaba dispuesto a acompañarlo hasta el final de la aventura. En caso afirmativo, le dijo, acudirían al día siguiente a La Concha para ultimar sobre el terreno los pormenores de la operación. El secuestro se llevaría a cabo en un plazo máximo de siete días, ya fuera en el Castillo, durante el baño matinal del alemán en el mar o en el interior mismo del restaurante si fuese preciso. Él, Kaplan, se encargaría de comprar los tres billetes de avión para Israel. En caso de que Contreras decidiera abandonar la empresa, el viejo tenía previsto recurrir al portero de su edificio para que le recomendara a algún amigo necesitado de un dinero extra que lo ayudara en el proceso del secuestro, por la dificultad física que entrañaba, y ya se las arreglaría él solo para conducir al alemán a Israel.

Había llegado el momento inaplazable de las grandes decisiones. Contreras se encontraba delante de dos puertas: una conducía a la incertidumbre de la gloria y la otra a la certeza de la frustración. ¿Podría volver como si tal cosa a su trabajo en la Policía? ¿Soportaría verse otra vez persiguiendo rateros de poca monta después de la experiencia vivida? ¿Con qué cara se presentaría ante su hija Nereida tras haberle prometido un quinceañero fastuoso en el Hilton? El agente se estremeció de horror con la mera formulación de esas preguntas. ¿Debía más bien cerrar los ojos y abandonarse al vaticinio feliz que había pronunciado la adivina? Mirándolo bien, se dijo Contreras, la investigación había arrojado algunos resultados interesantes que avalaban el optimismo de la bruja. Habían aparecido alemanes por todas partes como la verdolaga y se habían producido curiosas coincidencias, por llamarlas de un modo conservador. El alemán de La Concha era un hombre cultivado, y al cabecilla de la organización Aurora lo apodaban Profesor. El alemán había llamado a su restaurante La Estrella, y el Profesor había llegado a bordo de un barco del mismo nombre. El rubio había ido a Rafael Acosta, feudo de Alianza Nacional, y el Profesor tenía una foto con el ex presidente

Gómez. ¿No resolvía la Policía sus casos con indicios mucho más débiles e inconexos? ¿Acaso no estaba pudriéndose en la cárcel el 'Sapo', a pesar de que nunca apareció el arma homicida y de que el presunto criminal poseía una coartada verosímil para negar su implicación en el asesinato de doña Renata Araújo? Los razonamientos de Kaplan no eran ciertamente un modelo de ortodoxia deductiva, pero bajo su apariencia disparatada encerraban una extraña lucidez que los hacía invulnerables a la réplica fácil. Un día después de burlarse del anciano por vincular a nazis y narcotraficantes con argumentos poco científicos, Contreras había leído en el periódico que uno de los mafiosos que frecuentaban la hacienda Monterrey alardeaba de ser admirador de Hitler. ¿Cuál era en todo caso la alternativa? ¿Seguir aguantando los vaivenes de humor del teniente Álvarez? ¿Seguir viendo cómo se marchitaba su mujer sin la menor posibilidad de costearle un buen tratamiento de belleza? Por una vez se le había presentado una oportunidad para dar un vuelco radical a su miserable existencia. ¿No decía el refrán que las oportunidades las pintan calvas? Su destino dependía de un sí o un no. A esas alturas no cabían ya las ambigüedades. Sólo Dios sabía a dónde podía conducir el secuestro del alemán de La Concha, pero de lo que él, Wilson René Contreras Gómez, estaba seguro era de que en el horizonte no vislumbraba otro camino para romper los grilletes de la desesperanza distinto al que le había ofrecido el viejo Kaplan con su aventura extraordinaria.

—Sí —dijo—. Lo acompaño hasta el final.

El anciano puso su mano sobre la del agente, que estaba aferrada al volante.

—Has demostrado ser un hombre sensato, Wilson —dijo—. Tu familia te lo va a agradecer toda la vida. Y cuando llegue el tiempo en que el león retoce junto al cordero...
—Tranquilo, don Jacobo, que esa parte ya me la sé.

Tres despertares

La Alborada

LO PRIMERO QUE HIZO Wilson Contreras al despertar fue beber en ayunas una cerveza helada para neutralizar el efecto de los aguardientes que había tomado en casa de su cuñado la noche anterior. A continuación se dirigió al cuarto de baño y se lavó con totumo, porque el agua corriente sólo llegaba a su barrio a media mañana. El contacto con el líquido eliminó cualquier duda residual que aún podía subsistir en el fondo de su conciencia respecto a la solidez de la investigación que habían desarrollado sobre la organización Aurora. El alemán de La Concha era el Profesor. No podía ser de otra manera. Salió excitado del baño, se vistió de guayabera blanca y pantalón de dacrón verde, se bañó en loción mentolada y fue con paso firme al comedor, donde desayunó con apetito inusual dos arepas de huevo, un bistec, varios trozos de yuca con suero y dos vasos a rebosar de jugo de níspero ante la mirada escrutadora de su mujer.

—Pronto se van a acabar las penurias en esta casa —dijo, levantando el vaso de jugo a manera de brindis.

—Pajaritos preñados —dijo Janeth—. Eso es lo que te ha metido el viejo ese en la cabeza. Todo esto me huele a podrido.

Zarandeada por un vendaval de malos presagios, la mujer posó la vista en la taza de café haciendo noes con la cabeza. Contreras se enterneció al ver la testa de su mujer. Su cabello enrollado en tubos de papel higiénico semejaba la cresta de una iguana.

—Gorda —le dijo—, todo va a salir bien, créeme. Vamos a poder mudarnos a un buen barrio y vivir como la gente.

Janeth levantó la cabeza.

—Nada tengo que buscar donde nada se me ha perdido —dijo con altivez—. Me crié a mucha honra en un pueblo de casas de bahareque y desde que llegué a Santa María vivo en este barrio. Aquí está mi gente y la acepto como es, con sus virtudes y defectos, que son las dos caras de la misma moneda. Para comer no necesito cubertería de plata. Me bastan una cuchara de palo, un cuchillo afilado y un tenedor que aguante la presa. Y con un plato tengo suficiente, que si el sancocho se prepara en una sola olla, todo en este mundo se puede comer en un mismo plato.

—Entiendo que quieras el barrio, gorda. No creas que yo reniego de él. Todo lo que digo es pensando en los niños. ¿Qué futuro les espera aquí? Nereida va a cumplir quince años. Dentro de nada estará en edad de merecer. ¿Con quién quieres que se case? ¿Con el hijo de Rengifo? ¿O con el hijo de tu comadre Berta, ese que duerme de día como los murciélagos y que de noche anda por ahí dándole a la marimba?

—Nereida es lo que es, hija de un cabo de la policía que gana un sueldo de hambre y de una pobretona que se saca unos pesitos remendando ropa —dijo Janeth sin deponer un ápice su orgullo—. Si de mí depende, prefiero que jamás se junte con un hombre de alcurnia, porque él se sentiría siempre con la sartén por el mango y acabaría restregándole que la sacó del basurero. Cuando Nereida se case, que lo haga con un muchacho de su condición y busquen juntos mejores vientos sin deberse más que el cariño, porque así estarán parejos en las buenas y en las malas.

Contreras escuchó con atención el discurrir de su mujer y lo consideró cargado de emoción, pero carente de sentido de la realidad.

—Hablas como si viviéramos en el paraíso —dijo—. Te aseguro que si regalaran casas en La Florida, todos saldrían como perros detrás del hueso y te quedarías sola en tu querido barrio. Yo creo que lo que te pasa es que te da miedo desentonar entre los ricos. Pero eso no debiera preocuparte, porque la plata lo consigue todo en esta vida. Ya verás como esos ricachones del norte se pelearán por invitarnos a sus casas cuando se enteren de la captura del Profesor. Mira al 'Negro' Pedraza, el de la televisión: vive en tremenda mansión y nadie le restriega que sea basto como el cadillo y más negro que la brea. Lo importante en esta vida es tener plata, que es lo que tiene el Negro Pedraza. Eso que llaman clase se gana con el tiempo. No hay ricos de toda la vida. Todas las narices respingadas que ves en el norte fueron alguna vez hocicos.

—No voy a seguir discutiendo —dijo Janeth mientras se servía otra taza de café—. Esto me parece el cuento de la lechera. Yo lo único que sé es que el viejo ese está loco y que te ha enredado con sus cuentos chinos.

En ese punto de la conversación se presentó Nereida en la mesa, enfundada en una camiseta de propaganda política que le llegaba casi a las rodillas. Tenía los ojos adormilados y el cabello revuelto. Su madre fue de inmediato a la cocina a prepararle el desayuno. Contreras miró con ternura a su hija y le preguntó por los preparativos del quinceañero. Nereida le dijo, apesadumbrada, que no podría celebrar la fiesta en La Tres, porque el alquiler de la cantina excedía el presupuesto familiar. El agente estiró el pescuezo para mirar a la cocina y, al comprobar que su mujer se hallaba junto al fogón, lejos del alcance de su voz, dijo en susurros:

—Tranquila, mi reina, que tu fiesta la vamos a celebrar en el Hilton.

Nereida miró estupefacta a su padre y pensó que lo había asaltado un ataque súbito de locura. En ese momento se escucharon los pasos de Janeth, que regresaba al comedor con una sartén humeante.

—No se lo comentes a tu mamá —dijo Contreras en voz baja a su hija—. Es una sorpresa.

Al ver la expresión atónita de su hija y la sonrisa boba de su marido, Janeth quiso saber qué se estaba tramando a sus espaldas. Contreras se puso en pie, abrazó por la espalda a su mujer y la besó en la mejilla.

—Tranquila, gordi, son cosas entre nosotros —dijo, y guiñó un ojo a Nereida, que seguía mirándolo como a un lunático.

La Florida

Jacobo Kaplan se despertó invadido por una sensación de felicidad que no experimentaba desde que tenía memoria. Había soñado que estaba tumbado en un prado inmenso y que ante sus ojos se elevaba una escalera interminable por la que subían y bajaban ángeles en delicado trasiego. En lo alto de la escalera se encontraba Dios, que le prometía una descendencia tan numerosa como el polvo de la tierra y le auguraba que todas las familias del mundo serían benditas en su simiente. Al abrir los ojos, el viejo permaneció largo rato en la cama, inmóvil, intentando retener el sueño con la mente, pero las imágenes se desvanecieron en la penumbra de la alcoba. Kaplan estableció la relación inevitable entre su sueño y el pasaje bíblico que narra la visión de la escalera que tuvo del patriarca Jacob en su huida hacia Harán después de robar la primogenitura a su hermano. La primera vez que escuchó ese relato fue en la escuela judía de Radoszyce, cuando rondaba los seis años, de boca de un rabino barbudo cuyo nombre ya había olvidado. También solía contar el rabino otra leyenda de Jacob, en la que el patriarca libraba de madrugada una lucha con un ángel y lo vencía; pero este relato, a diferencia del de la escalera, tenía la particularidad de suscitar en el pequeño Yánkel un desasosiego intenso. Dueño de una mente fantasiosa, Kaplan llegó a creer en su niñez que el hecho de llamarse como el patriarca Jacob le reservaba un destino excepcional.

    Kaplan consultó su reloj y vio que aún era de madrugada. Incapaz de permanecer más tiempo acostado, se sentó en el borde de la cama y rezó la oración matutina. Sacada de su sueño por el ruido, Rebeca miró el reloj despertador que reposaba sobre la veladora y preguntó a su marido qué hacía despierto desde tan temprano. El anciano respondió que estaba desvelado, tras lo cual se calzó las pantuflas y fue al cuarto de baño escoltado por la mirada de su mujer. Rebeca se levantó inmediatamente después y pegó la oreja a la puerta del baño. Al oír el ruido del agua se tranquilizó y se dirigió a la cocina a preparar una olla de café.

Bajo el chorro tibio de la ducha, Kaplan se sumió en un estado de placidez para él desconocido. En alas de la memoria voló lejos, muy lejos, hasta una humilde aldea en la que trajinaban con afán hombres, mujeres y niños entre bandadas de gansos y gallinas. Entró en una casa sombría y se encontró con una mujer joven, de mirada fatigada y triste. Era una figura borrosa, muda, inexpresiva, de movimientos muy lentos: su madre. Su madre murió cuando él tenía diez años, pero ahora estaba viva. Como en los viejos tiempos, acostó al pequeño Yánkel en su regazo y le acarició el pelo. *Por qué te moriste tan pronto, mamá. Por qué nos dejaste solos a Motke y a mí. Papá se volvió a casar, tuvo hijos, no nos hizo nunca más caso, nos despreció como si fuéramos extraños. Después de que te fuiste hubo una guerra terrible en toda Europa y cuando acabó me fui a Palestina. Ya no estaban los turcos. Ahora estaban los ingleses. Me llevé a Motke conmigo. Él tenía miedo, acababa de cumplir dieciséis años, me lo llevé para que no se quedara solo. Papá firmó sin ningún problema los papeles de autorización para que se pudiera ir. Por eso nos salvamos de lo que vino después. Hubo otra guerra, mucho peor que la primera. Fue horrible, mamá, más de seis millones de yidn murieron. Los encerraban como a ganado en campos de concentración, los asfixiaban en cámaras de gas, los quemaban en hornos. Creo que papá y su nueva familia murieron en esa guerra. Nunca más supe de ellos. Motke se casó y tiene familia. Vive en Israel. Sí, mamá, después de que te moriste se creó un país para los yidn en Palestina, lo que tú siempre decías que nunca iba a pasar. Yo vivo lejos, en una ciudad que se llama Santa María, en América. Es bonita, con muchos árboles, y siempre es verano. También tengo una familia. Hice un capitalito con una tienda de ropa, salí de la pobreza. A mi familia nunca le ha faltado nada. Pero la vida ha sido dura, mamá, muy dura. No sabes cuanta falta me has hecho. No tienes idea de cuánto te he necesitado.* Su madre le seguía acariciando el pelo. Él se dejaba mimar. De pronto le vino a la mente algo que había escuchado en muchas ocasiones a los mayores: que los retornos a la infancia son la antesala de la muerte. Un escalofrío de pánico le recorrió el espinazo. Recordó horrorizado que a su consuegro Baruj, pocos días antes de fallecer, le dio de repente por hablar en polaco y por confundir a sus hijos con amigos de la infancia de Lublin. Presa de una angustia creciente, recordó también que el viejo Vaida, la víspera de su muerte, lo había tomado a él, a Kaplan, por su padre y le había pedido que lo arrullara con una canción de cuna. Los mayores decían, además, que los perros aúllan lastimeramente al presentir una muerte próxima. Kaplan cerró la llave de la ducha y aguzó aterrorizado el oído. Pudo oír entonces unos golpes a la puerta y la vocecilla de Rebeca que lo llamaba a desayunar. El viejo miró a su alrededor con la expresión asustada de quien despierta de una pesadilla. Descorrió lentamente la cortina de la ducha, temeroso de lo que pudiera encontrar del otro lado del plástico azul, y respiró aliviado al reconocer las paredes de cerámica verde, la cesta de mimbre para la ropa sucia y el soporte de cristal del lavabo sobre el que se apilaban frascos y cremas. Cogió la toalla y se secó muy despacio; sentía de pronto la necesidad de consentir cada pedazo de su piel viva. Al ajustarse la dentadura postiza, permaneció un largo rato frente al espejo, absorto en su rostro, al que desde hacía mucho tiempo no observaba con atención: tenía los párpados a media asta, y la nariz había adquirido un aspecto gelatinoso. Estaba viejo, sin duda. Pero vivo. Tosió para confirmar esta última apreciación y, ante su propia imagen, que lo miraba con curiosidad, se prometió vivir el tiempo suficiente para capturar al Profesor. Tras vestirse con una camisa blanca y pantalones verdes de lino, se dirigió a la cocina. En el exterior reinaba todavía la oscuridad, aunque un resplandor tenue abría paso a la mañana. Rebeca sirvió a su marido una taza humeante de café y le preguntó de nuevo por la razón de su temprano despertar.

—Deja de hacer preguntas y piensa mas bien cómo quieres que sea la fiesta de Lóttile cuando se case —dijo el viejo. Estaba eufórico. En las últimas horas había experimentado dos vivencias alentadoras: Dios se le había aparecido en sueños para anunciarle una descendencia numerosa, y un rubio se le había aparecido despierto para presagiarle el éxito de su epopeya contra el Profesor.

—Yánkele, *mein liebn* —dijo Rebeca, apiadada de su marido.

Urbanización Los Alpes. En la capital

Después de desayunar con su mujer y sus dos hijas adolescentes, Isaac Kaplan se encerró con una taza de café en el estudio de puertas corredizas, se apoltronó en el sillón reclinable y marcó en el teléfono inalámbrico un número de Santa María.

—Cómo fue la cosa —dijo sin preámbulos al reconocer la voz en el otro extremo de la línea.

—Pasó algo terrible —gritó su interlocutor. Parecía hallarse fuera de sí—. No lo vas a creer.

Isaac maldijo en silencio al hermano menor de su mujer. Era un inútil; nunca le salían bien las cosas.

—Qué pasó. Habla de una vez.

—Mataron al 'Mono' en un tiroteo. Me estoy enterando ahora mismo por la radio. Ahora entiendo por qué nadie me contestaba ayer en su casa.

Isaac quedó con la taza suspendida en el aire. Su cuñado le contó atropelladamente que el Mono había sido acribillado a balazos junto a un narcotraficante en una heladería de Rafael.

—¿Y el viejo? —dijo angustiado Isaac—. ¿Estaba ahí el viejo?

—Parece que sí. Un mesero contó que en el momento del atentado había en la terraza un grupo de clientes habituales y un anciano de aspecto extranjero con un hombre joven.

—¡El viejo! ¡Dios mío! ¿Cómo está el viejo?

—No sé. Llamé hace un rato como cosa mía para preguntar por él. Tu mamá me dijo que está bien, pero que había salido.

—Maldita sea, espero que no haga ningún disparate. Trata de localizarlo y que vuelva a la casa como sea. Mañana mismo voy a Santa María a ver si paro esta locura de una vez por todas. ¿Se habla del viejo en las noticias?

—En los periódicos de hoy no sale casi nada del asunto. *La Verdad* trae una noticia muy corta y sólo da las iniciales de los muertos. La cosa ha quedado como un ajuste de cuentas entre mafiosos de segunda. En la radio no se habla del viejo para nada, fuera de lo que ya te dije del mesero. Por ese lado estate tranquilo. ¿Necesitas que haga algo?

—No, no hagas nada por el momento. *And don't say anything by phone, you understand what I mean.* Déjame que ponga las ideas en orden y te digo algo.

Días atrás, Isaac había consultado el caso de su padre con el doctor Aquiles Rubio, uno de los psiquiatras más reputados de la capital, con quien podía hablar con plena confianza por cuanto los unía una estrecha amistad. El médico le explicó que, en determinados cuadros de psicopatologías fantasiosas, como el que parecía presentar el viejo, el método terapéutico más eficaz consistía en tratar al enfermo dentro de su propio mundo ilusorio y conducirlo con la mayor sutileza posible de vuelta a la realidad. A partir de ese principio, y dando rienda suelta a su imaginación, Isaac había urdido un plan extravagante para poner término a la aventura desquiciada de su padre. Aleccionó a un empleado de confianza de su cuñado, un contabilista apodado El Mono por el color rubio de su pelo, para que se hiciera pasar por un agente de Interpol que también andaba tras los pasos del Profesor. El Mono debía propiciar, mediante algún procedimiento rebuscado que imprimiera una atmósfera de clandestinidad al montaje, un encuentro con el viejo Kaplan, en el que le desvelaría su pretendida identidad y lo invitaría a sumarse a la misión con el argumento de que trabajaban con el mismo objetivo. Una vez el anciano expresara su consentimiento, el Mono le ordenaría que se recluyera en casa a la espera de instrucciones y que desarrollara entretanto una vida de absoluta normalidad junto a su mujer. Esas instrucciones, por supuesto, nunca le habrían de llegar al viejo.

Todo ese complejo plan concebido por Isaac para que sus progenitores pasaran juntos y en relativo sosiego los días postreros de su existencia se había ido al traste. Peor aun: había costado la vida al Mono, con todas las consecuencias judiciales, económicas y personales que seguramente se iban a derivar del suceso. Cuando colgó el auricular, Isaac contempló como un enajenado la taza que sostenía con la mano y, tras unos instantes de vacilación, la arrojó con violencia contra la pared.

—Maldita mi suerte —gritó—. Por tratar de curar al viejo, lo he vuelto más loco.

Sobresaltada por el escándalo, Sheila acudió presta al lado de su marido.

—Tranquilízate, amorcito, que no es culpa tuya —le dijo abrazándolo por la espalda—. Lo has hecho por su bien. Ya verás cómo don Jacobo se mejora.

El encuentro

—AHÍ VIENE.

    El cabo Contreras acompañó el aviso con un ademán perentorio para que Kaplan cesara de hacer ruido de pisadas sobre el pedregal. Apostados tras un muro desconchado de cemento, vieron aparecer en la cima del cerro al dueño de La Estrella. Apenas despuntaba la mañana; los rayos del sol bajaban tibios y la luna no se había difuminado del todo en el cielo. El alemán permaneció un rato inmóvil frente a la decrépita edificación del Castillo, con las manos en las caderas, jadeando por el esfuerzo que le había exigido el ascenso desde la playa, y cuando recuperó el aliento emprendió un paseo por la explanada rectangular de tierra que en algún tiempo lejano debió de ser un jardín. Cada tanto se detenía a contemplar las campanillas blancas que sobrevivían dispersas en el clima salitroso y hostil. Seguidamente se dirigió hacia el murete de piedra que bordeaba la parte posterior de la edificación y se sentó a contemplar el mar, que reventaba en una explosión de espuma contra las rocas del fondo del acantilado. Al cabo de una hora se puso en pie, estiró los brazos, arrojó una piedra al agua y emprendió el regreso a casa. Su boina azul no tardó en perderse de vista entre el matorral que invadía el sendero abrupto. Contreras fue con precaución hasta el nacimiento del camino con el fin de cerciorarse de que la marcha del alemán era definitiva. Hecha la comprobación silbó a Kaplan para que saliera del escondrijo y procedieron a reconstruir los movimientos del alemán antes de que los pudiera traicionar la memoria.

—Un inocente y rutinario paseo matutino —dijo el agente mientras garabateaba en una libreta.

—La rutina nunca es inocente, Wilson —dijo el viejo—. El que repite siempre los mismos movimientos lo hace con alguna finalidad. Tú comes todos los días para alimentarte, te bañas por las mañanas para estar limpio, vas a la iglesia los domingos para rezar. No me dirás entonces que este criminal viene puntualmente todos los lunes y jueves por la madrugada al Castillo a rascarse la barriga. Para algo vendrá.

—Será para pensar. No lo vi hacer otra cosa.

—¿Y te parece poca cosa que piense el jefe de la organización criminal más peligrosa del mundo?

Después de que Contreras concluyera el boceto con la trayectoria del alemán, estudiaron el terreno circundante y observaron que la única vía de conexión del Castillo con la carretera principal era la trocha pedregosa y serpenteante por la que habían llegado. Con esa verificación completaron el examen de uno de los escenarios alternativos para el secuestro del alemán. Recogieron entonces la camioneta, que habían dejado oculta en el espeso matorral, y se dirigieron a Las Palmas, un caserío vecino, para matar el tiempo hasta la media mañana, cuando practicarían la última visita de reconocimiento a La Estrella. A la entrada de Las Palmas se detuvieron en una tienda de abarrotes y allí, sentados a la terraza en sendos taburetes, se entregaron a beber limonada y a soñar en voz alta. Kaplan contó con lujo de detalles cómo imaginaba el homenaje solemne que les tributarían las autoridades de Israel cuando entregaran al jefe de la organización Aurora. Contreras describió con precisión arquitectónica el plano de la casa de dos plantas y largos balcones que iba a comprar para su familia en el barrio La Pradera. Kaplan celebró con una risa las ocurrencias del policía.

—En esa mansión falta la piscina —dijo.

—Y en su homenaje falta el roncito —contestó dicharachero Contreras.

Cuando arribaron a La Concha, la playa ya estaba atestada de gente, y al ser día festivo era previsible que el número de visitantes se incrementara a lo largo de la mañana. Se dirigieron sin rodeos a La Estrella y se instalaron en una mesa lateral desde la que podían abarcar con la vista el interior del restaurante y los diferentes puntos de acceso del establecimiento. Como de costumbre, el alemán se hallaba en la hamaca, fumando pipa y entregado a la lectura de un libro. El sol enviaba las primeras señales de su potencia abrasadora; sus rayos reverberaban en la arena arrancando una ligera capa de bruma. Excitados por la luminosidad del día y el rugido del oleaje, los bañistas saltaban, gritaban, jugaban, corrían y se zambullían una y otra vez en el mar. La brisa juguetona arrastraba los ecos de la algarabía hasta La Estrella. En el cielo azul planeaban gaviotas en busca de alimento y desfilaban cúmulos algodonosos en lenta procesión.

La mujer del alemán se acercó sonriente, libreta en mano, a la mesa donde acababan de tomar asiento Kaplan y Contreras.

—Pide lo que quieras —dijo el viejo al policía en un arrebato de generosidad.

Contreras formuló su pedido.

—¿Eso es todo? —lo reprendió afectuoso el viejo.

—Don Jacobo —dijo el agente—, he pedido exactamente lo mismo que la vez anterior, y aquella vez me regañó por pasarme y ahora me reprende por quedarme corto. Lo único que ha cambiado desde entonces es su estado de ánimo. Eso le enseña que las cosas no valen por lo que cuestan, sino por el humor con que se pagan. Ojalá, pues, le dure la felicidad, a ver si el pargo y el arroz con chipichipi, viéndolos usted más baratos, los puedo disfrutar en paz.

Kaplan festejó con una risa la reflexión de Contreras y, arrastrado por la euforia, ordenó para sí una mojarra con patacones, aunque puso en duda que su excelente estado de ánimo fuese a modificar a la baja el montante de la factura. La mujer del alemán festejaba a carcajadas las ocurrencias de sus dos clientes mientras tomaba la nota. Cuando apartó su corpachón para dirigirse a la cocina con el pedido, Kaplan y Contreras se llevaron una sorpresa al mirar hacia la hamaca.

—¿Dónde se habrá metido? —dijo el viejo.

Contreras se encogió de hombros. No entendían cómo había hecho el anciano dueño de La Estrella para desaparecer con semejante rapidez. Lo buscaron con la mirada en el rincón de las macetas, pero no estaba ahí. Echaron un vistazo a las mesas, por si se le hubiese ocurrido acercarse a algún cliente, y la pesquisa también resultó vana. Pese a lo inaudito de la situación, de algo estaban seguros, y era de que el hombre debía estar en algún lado. No era posible que se hubiera esfumado sin más en el aire.

—¿Me permiten? —escucharon de pronto a sus espaldas.

Al levantar la vista quedaron demudados.

El anciano de barba blanca, boina azul y gafas de montura gruesa se sentó a la mesa sin esperar respuesta.

—Qué quieren de mí —dijo dirigiéndose a Kaplan. Su voz cascada arrastraba un fuerte acento germánico.

Kaplan improvisó una reacción de sorpresa, pero el brillo intenso de sus ojos delataba el pánico que lo invadía por dentro. Al observar por primera vez de cerca al dueño de La Estrella, le llamó la atención la tersura de su rostro y el azul índigo de sus ojos.

—Sé que me buscas —dijo el alemán—. En este pueblo todo se sabe.

Kaplan miró a Contreras con los hombros en alto en actitud de desconcierto, sugiriendo la existencia de algún malentendido. El agente respondió con el mismo movimiento corporal. Desde el rostro huesudo del alemán, dos ojillos azules escrutaban sin parpadear a Kaplan a través de unos cristales gruesos como fondos de botella. Un escozor repentino pareció acometer de pronto al dueño de La Estrella, que se rascó el brazo izquierdo por encima de la manga de la camisa. Kaplan tenía la extraña sensación de que el mundo se había aletargado a su alrededor. Los demás comensales se le antojaban espectros. El bullicio festivo se había convertido en un rumor semejante al murmullo lúgubre de los rezanderos de pueblo.

—Judío, claro —dijo el alemán, mirando al pecho de Kaplan.

Kaplan se llevó instintivamente la mano al lugar indicado y palpó la pequeña Estrella de David de oro que le había regalado su nieta Lotty en el último cumpleaños. Maldijo en silencio su falta de precaución por llevar a la vista tan reveladora joya. El dueño del restaurante se quitó las gafas y las limpió con un pañuelo arrugado que extrajo del bolsillo delantero de su pantalón.

—Tienes los brazos limpios —dijo poniéndose de nuevo las gafas—. ¿En nombre de quién vienes?

Kaplan sintió un vuelco en el corazón, porque percibió en las palabras del alemán el preludio de un acto supremo de confesión. Comenzó a faltarle el aire. El dueño de La Estrella se rascaba el brazo con creciente intensidad.

—No puedo escapar de Auschwitz. Los vivos y los muertos me persiguen, despierto y en sueños. Por mucho que me esconda siempre me encuentran. Me encontraron en Quito, en Guayaquil, en Esmeraldas. De todas esas partes me tuve que ir con mi vergüenza. Creí que en este pudridero no me iba a encontrar nadie.

Kaplan acezaba como un lobo moribundo. A su lado, Contreras atendía boquiabierto el curso de los acontecimientos, a la espera de que el dueño de La Estrella se desmoronara por completo y desvelara su vinculación con la organización Aurora. El alemán no paraba de rascarse el brazo. El picor se le había vuelto insostenible a juzgar por la virulencia con que se arañaba, y en un momento dado, presa de la desesperación, se remangó la camisa para frotarse directamente sobre la piel. Al quedar a la vista la extremidad desnuda, una expresión de espanto apareció en el rostro de Kaplan.

—¿Qué pasa? —dijo el dueño de la Estrella—. ¿Creías que me había librado del tatuaje?

Kaplan contempló conmocionado el brazo blanco y fláccido que se extendía sobre la mesa. A un lado del número tatuado se apreciaba la mancha azulosa del sarpullido causante del escozor. Contreras temió que a su compañero le fuera dar un infarto cardiaco. Desde la posición en que se hallaba, el policía no alcanzaba a ver el tatuaje del que hablaba el dueño del restaurante.

—Acepté aquel trabajo porque quería salvarme —dijo el alemán, rascándose ahora con cierta suavidad—. Si yo no lo hubiera cogido, otro lo habría hecho. Todos querían salir vivos de aquel infierno. Pero yo tuve el privilegio de que me lo ofrecieran a mí. Esa fue mi suerte y mi desgracia: que me dieran la posibilidad de sobrevivir.

Kaplan no apartaba su mirada del brazo, con la expresión alelada del que es víctima de un hechizo. Contreras no atinaba a comprender por qué el viejo actuaba de manera tan extraña justo cuando el dueño de La Estrella se hallaba en plena confesión de su pasado criminal.

El alemán levantó la vista y miró a los ojos de Kaplan.

—Lo que no acabo de entender —dijo— es que alguien se siga interesando por mí. ¿A quién le importa a estas alturas un viejo *kapo* con un pie en la tumba? Si lo que pretendes es que me vaya de aquí, pierdes el tiempo. Llevo 35 años huyendo como una rata de un sitio a otro. Pero eso se acabó. Estoy viejo y cansado. Se acabaron las huidas de Julius Reich.

Kaplan se levantó dificultosamente de la mesa, tumbando su silla al suelo en la operación, y echó a andar en dirección a la camioneta. Jadeaba y arrastraba los pies, como si a su vejez y su enfermedad les hubiera sobrevenido de golpe una avalancha de años y males. Contreras acudió presuroso en su ayuda y, sujetándolo del brazo, lo ayudó a subir al vehículo. El policía se sentó al volante, pero no hizo el menor intento por arrancar. Antes de introducir la llave del encendido quería comprender el motivo del insólito comportamiento del anciano.

—Don Jacobo, qué le pasa —dijo—. El hombre ha confesado.

—Llévame a mi casa —dijo Kaplan con la mirada perdida. Sus manos temblorosas golpeteaban fuera de control sobre el salpicadero. Apenas podía respirar.

Contreras puso en marcha el vehículo.

Un silencio fúnebre presidió el viaje a Santa María. Contreras se devanaba los sesos tratando de encontrar alguna lógica al encuentro que acababa de presenciar y observaba de soslayo a Kaplan, preocupado por su salud. El viejo miraba hacia la lejanía a través del cristal delantero y profería unos resuellos de caldereta que rivalizaban en estridencia con el estrépito de la camioneta al rodar. La desesperación de Contreras iba en aumento a medida que las llantas devoraban la carretera sinuosa de asfalto. Sabía el agente que, una vez depositara al anciano en su casa, todo el castillo de proyectos que había construido en las últimas dos semanas de su vida desaparecería en el aire como las volutas de humo que salían de la pipa del alemán. Atrás quedaron el lago Cascajal, el club de los árabes, el Cristo gigantesco del cementerio, la Universidad Distrital... Cuando las primeras antenas parabólicas anunciaron desde el horizonte la proximidad de Santa María, Contreras emprendió una ofensiva postrera de persuasión.

—Don Jacobo —gritó por sobre los resuellos cada vez más ruidosos del viejo—, tenemos al Profesor. Él mismo reconoció sus crímenes. La investigación ha sido un éxito.

Kaplan se mostró inaccesible al bochinche del policía. Toda su capacidad vital la tenía volcada en la ardua tarea de absorber oxígeno de la atmósfera bochornosa. La angustia de Contreras alcanzó su paroxismo cuando entraron en Santa María. El agente creía vivir una pesadilla. La única explicación razonable que encontraba a la conducta del anciano era que el diablo le hubiera entrado en el cuerpo, en cuyo caso habría que someterlo a una sesión de exorcismo. Sin embargo, el viejo no actuaba como un endemoniado clásico, puesto que en vez de proferir obscenidades en latín y soltar espumarajos por la boca se limitaba a mirar mansamente a través del cristal delantero.

En la ruta hacia la casa de Kaplan pasaron frente al club. La entrada principal era escenario de un trasiego intenso de personas y automóviles lujosos. El portero, de gorra y uniforme azul, saludaba sonriente a los que entraban y salían, ofrecía su ayuda a los ancianos para sortear las escalinatas y aceptaba sin rechistar que los niños lo hicieran objeto de sus travesuras, confiado en que todos esos sacrificios tendrían su recompensa en la forma de propinas generosas y aguinaldos. Kaplan alcanzó a divisar a su camarada Shímale Lejman, que justo en ese momento llegaba al club y recibía un saludo efusivo del Conde Popó. La vida seguía su curso. Nada había cambiado en las últimas dos semanas. La sinagoga continuaba en su sitio, proyectándose hacia el cielo con su altivo pico. El colegio ocupaba su puesto en el mismo edificio de dos plantas donde estudiaron sus nietos, ¿para qué?, para hacer trizas cuatro mil años de historia. Pasado el colegio, Contreras giró a la derecha, recorrió otra cuadra y detuvo la camioneta frente al edificio de Kaplan.

—Bueno —dijo—, hasta aquí hemos llegado.

Un jardinero de pelo blanco cortaba con machete las brozas del antejardín. Kaplan miró hacia su apartamento y le tranquilizó no divisar la cabecita de Rebeca asomada en el balcón. El viejo se giró lenta y pesadamente hacia Contreras. Una expresión de tristeza infinita se había adueñado de su rostro.

—Perdóname, Wilson —dijo, respirando con extrema dificultad.

El policía apagó el motor.

—Al menos explíqueme qué ha pasado, ahora que vuelve a hablar.

—No me pidas que te explique lo que nunca podrías entender —dijo el anciano. Con movimientos torpes y fatigados extrajo del bolsillo de su pantalón una libreta bancaria y garabateó con un bolígrafo su firma en un talón. Alargó el rectángulo de papel al policía y le dijo—: Págale una buena fiesta a Nereida. Compra unos muebles nuevos para tu casa. Vuelve a tu trabajo.

Contreras amagó con rechazar el regalo; pero la necesidad venció al desprendimiento y finalmente recibió el talón, que se guardó en el bolsillo sin consultar la suma consignada. Al ver que el viejo buscaba la manija de la portezuela para salir de la camioneta, el agente se apeó presuroso del vehículo y corrió a abrirle. Tomándolo cariñosamente del brazo, lo ayudó a caminar hacia el portal por el pasillo de granito que discurría entre dos hileras de geranios y margaritas. Kaplan avanzaba jadeante, arrastrando los zapatos, con la mirada extraviada. Contreras observaba al anciano con compasión y sólo desvió fugazmente la vista para contemplar el trasero de una criada que había salido del edificio con tres niños rubios revoloteando a su derredor. Cuando llegaron a la pequeña terraza de la entrada, el policía aferró a Kaplan por los brazos, angustiado por la certeza de que la aventura tocaba a su definitivo fin.

—Por favor, don Jacobo —dijo implorante—, haga el esfuercito, vuelva a la realidad.

—Yo ya estoy en la realidad, Wilson. Me he estrellado contra ella. Se me metió una locura en la cabeza y te arrastré conmigo. No le des más vueltas. Vuelve a tu casa, a tu familia, a tu trabajo en la policía. Esa es la realidad. Cuídate para que nadie más pueda sacarte otra vez de ella.

—¿Y el barco? ¿Y el rubio? ¿Y el secuestro de la hija? ¿Y el presidente Gómez? ¿Y Müller, ese que era un pez gordo? ¿Y todo lo que hemos averiguado? El hombre confesó. Dijo que lleva huyendo 35 años por lo que hizo. ¿Es que todo eso no significa nada ahora?

—La única pista verdadera era la manga larga —dijo Kaplan con voz desfalleciente—. Debajo de esa manga estaba la verdad. Todo lo demás era cuento chino. Tenías razón al dudar de todas las cosas que te decía. Siempre tuviste razón, Wilson. No la pierdas ahora.

Kaplan se zafó de los brazos del agente y entró en el edificio. Caminaba lentamente sin levantar los pies. Producía un escándalo de fuelle al respirar. Contreras lo siguió con la mirada a través del cristal de la puerta hasta que lo vio introducirse en el ascensor. Entonces rompió a llorar como un niño abandonado, subió llorando a la camioneta, llegó llorando a su casa y no dejó de llorar hasta la madrugada, cuando quedó rendido de tanto llorar.

La lucha

SENTADO EN EL BORDE de la cama, Kaplan se apiñó los dedos de la mano derecha en el entrecejo, se cubrió con la otra mano la cabeza y rezó mirando hacia la negrura enmarcada por la ventana:

—Oye, Israel, el Señor nuestro Dios es uno. Bendito sea su nombre y honrado su reino, ahora y para siempre. Amén.

Al concluir la oración, en vez de acostarse, permaneció sentado en actitud pensativa, asaltado por un desasosiego cuya fuente no conseguía identificar. Dejó errar la mirada por la habitación y tropezó con el rostro infantil de su nieto Samuel, que lo observaba sonriente desde el portarretratos de marco dorado que reposaba sobre la cómoda, ataviado de traje y corbata, con un solideo azul en la cabeza y el manto ceremonial sobre los hombros. Era el día de su *bar mitzvá*. El viejo Kaplan se cubrió la cabeza con la mano y añadió una rogatoria a su oración.

—Dios —dijo—, aclara la cabeza a Shmulik, dale sabiduría y rectitud de juicio. Haz que cumpla su juramento y que sus hijos sean judíos.

Vio a continuación la foto de su nieta Lotty, ataviada de toga y birrete, radiante de felicidad en su ceremonia de graduación.

—Ayuda a Lóttile a conseguir un buen marido. Que su descendencia sea numerosa como las gotas del mar.

Al lado había una fotografía de Mina, en uniforme del colegio, en actitud declamatoria y con un papel en la mano. Mina había sido la mejor alumna en la historia del colegio Maimónides. Su media académica nunca había bajado de diez. Era el orgullo de la familia, la joya del linaje Kaplan. Pero poco después de comenzar la carrera de ingeniería de sistemas se le cruzaron los cables, mandó al diablo su genialidad y se marchó a Katmandú con dos amigas a vivir en una comuna hippie. Desde hacía quince años sólo se sabía de ella a través de las cartas esporádicas que enviaba a sus padres y abuelos, atiborradas de las palabras paz y amor entre dibujitos policromos de soles sonrientes y vistosos arco iris.

—Inteligencia y sensibilidad fueron en ella desgracia, porque le faltó serenidad en el alma para soportar la carga de ambos dones juntos —dijo Kaplan con ojos llorosos—. Devuélvenos a Minchu, Dios. Por favor, devuélvenos a Minchu.

Después de interceder ante Dios por los hijos de Elías, el viejo sintió una necesidad súbita de hacer lo propio con el resto de su familia, empezando por Rebeca, que se encontraba en ese momento en el baño.

—Dale a Rivke muchos años más de vida con salud. Ha sido mi compañera desde la juventud y hemos estado juntos en los momentos difíciles. Que la alegría endulce su vejez, que nada le falte y que muera rodeada de nietos y bisnietos.

Después rogó por Elías, que en ese momento se hallaba en la mesa de su dormitorio, con un cigarrillo entre los labios, manipulando trozos de cristal y tomando notas en una libreta.

—Corrige los errores que cometí con Elías, si es que cometí alguno. Fue primicia de mi virilidad. Durante años disfrutó sin rival de mi amor, pero también sufrió mi inexperiencia. Le diste inteligencia y lucidez; ahora te pido que le proporciones sabiduría para que encuentre paz de espíritu.

Por último miró a una foto colgada en la pared en la que aparecían sonrientes Isaac, su mujer y sus dos hijas, con un perrito lanudo a sus pies.

—Cuídalos en salud y alegría —dijo—. Que nada les falte en la vida.

El viejo se tumbó entonces en la cama y se giró sobre su costado derecho, con los ojos abiertos. En ese momento salió Rebeca del baño, envuelta en su bata de dormir, y se acostó a su lado. Preocupada por la conducta de su marido, que había permanecido en silencio desde su llegada y con una expresión de tristeza en el rostro, Rebeca levantó la cabeza por encima del corpachón del anciano y dijo:

—Yánkele.

Kaplan cerró los párpados para hacerse el dormido y siguió entregado a sus pensamientos.

En la madrugada, Rebeca se despertó sobresaltada al oír un alboroto a su lado. Su marido se estaba ahogando. Tenía los ojos desmesuradamente abiertos y agarraba con fiereza la sábana como si se aferrase a un tronco de madera en un naufragio. Rebeca le pidió a gritos que intentara tranquilizarse mientras llamaba a Elías. El viejo resollaba con creciente agitación. Rebeca, llorando y tirándose de los cabellos, marcó el número telefónico de su hijo. El ritual. Otra vez el ritual. Elías maldijo a los cielos, se golpeó accidentalmente en el tobillo al incorporarse de la cama y gritó como si lo estuviesen acribillando a puñaladas. Los perros del vecindario se sumaron a la algarabía en una cadena interminable de ladridos. Lotty se despertó por el escándalo y se vistió con la celeridad de un recluta al toque de diana. La empleada doméstica saltó de la cama y preparó café a los patrones para que no emprendieran con el estómago vacío una jornada que se anunciaba larga y fatigosa. Elías caminó de prisa hacia la casa de sus padres, blasfemando contra el mundo. Lotty, avergonzada, le imploraba que bajase la voz, sin conseguir otro efecto que enardecerlo aún más. El ritual. De nuevo el ritual. El viejo se hallaba tumbado en la cama, luchando como una fiera contra la asfixia. Elías acarició a su padre, llorando, mientras Lotty llamaba al médico. De nuevo la ambulancia, el aullido aterrador de la sirena. De nuevo la clínica. De nuevo el doctor Rostein, con su maletín negro y su cara de haber sido arrancado del quinto sueño. El diagnóstico de siempre. "El viejo está mal, tiene los pulmones destrozados, no hay nada que hacer, que se quede hasta mañana en observación". La habitual despedida: "No te preocupes, Elías, otro día hablamos con calma de los honorarios".

Cuando el doctor Rostein se hubo marchado, Lotty entró en la habitación de su abuelo. Lo encontró tumbado boca arriba, cubierto por una sábana blanca, con los ojos abiertos. De su cuello colgaba una mascarilla, conectada a una bombona roja de oxígeno que reposaba sobre el suelo. En un rincón, sentada junto a una mesilla auxiliar, una enfermera preparaba una jeringa. Lotty tomó entre sus manos la mano derecha de su abuelo. El viejo giró levemente la cabeza hacia su nieta.

—Lóttile —dijo—, no me quiero morir antes que tu abuela. No sabe hacer nada sola. No sabe usar las llaves de la casa.

—Tranquilo, abuelo, que te vas a poner bien, ya verás.

Kaplan levantó con enorme esfuerzo el brazo, hasta alcanzar con la mano el rostro de su nieta.

—Féigale —le dijo, acariciándola con ternura.

La muchacha, sorprendida, recordó a su abuelo que su nombre era Lotty. Pero el viejo insistió en llamarla Féigale, y a continuación comenzó a hablarle en yídish, y no dejó de farfullar en ese idioma hasta que produjo efecto el somnífero que le había inyectado la enfermera. Lotty abandonó la habitación y preguntó intrigada a su padre si le sonaba el nombre de una tal Féigale. Elías apartó los ojos de la revista de crucigramas e intentó hacer memoria, pero no le vino a la cabeza ninguna persona conocida con ese nombre y volvió a centrar su atención en la búsqueda del río suizo de cuatro letras. Instantes después, la enfermera salió de la habitación y comunicó con una sonrisa beatífica a los Kaplan que el paciente se encontraba tranquilo. Elías dijo a su madre y a Lotty que se marcharan a casa a descansar.

—Yo me quedo con el viejo —les dijo.

Elías se quitó la camisa, la colgó del respaldar de la silla y, después de echarle un vistazo a su padre, se tumbó en camisilla interior y pantalón sobre el sofá de la habitación. Casi en el acto empezó a roncar, agotado por la tensión de las últimas horas.

En la madrugada, a esa hora de quietud en que los trasnochadores se acaban de dormir y los mañaneros aún no han despertado, una presencia extraña atacó a Jacobo Kaplan en su cama. El viejo emitió un quejido leve por la acometida y, sacando fuerzas de su naturaleza agónica, rodeó con el brazo izquierdo el cuello del intruso. La criatura agitó con desesperación la cabeza en un intento por zafarse de la tenaza. Al comprobar la inutilidad de sus esfuerzos, ensayó un movimiento sorpresivo con el brazo y propinó al anciano un codazo en la cadera. Kaplan acusó el impacto con una mueca de dolor, pero consiguió mantener inmovilizada la cabeza del extraño, acuñándola con el mentón. Tumbado de lado junto al costado derecho del viejo, el ser se quedó quieto, doblegado por la fortaleza extraordinaria de su contrincante. Kaplan, boca arriba, quiso ver el rostro de la criatura, pero los cuerpos estaban dispuestos de tal modo que sólo pudo mirarle de soslayo la coronilla. Extenuados por la lucha, permanecieron inmóviles en esa posición, primero jadeantes y después en silencio, hasta que los primeros rayos del alba irrumpieron en la habitación por los resquicios del cortinaje. Los anuncios de claridad provocaron un ataque de angustia al intruso, que reanudó su lucha para escapar del cautiverio. Percatado de la continuación de las hostilidades, Kaplan aumentó la presión del brazo alrededor del cuello de la criatura. Cuando la hubo sometido por completo, le propuso un trato.

—Dame tu bendición y te dejaré marchar —le dijo.
—¿Bendición? —escuchó decir.

—Pregúntame mi nombre. Cuando yo te lo diga, me dirás que a partir de ese momento no me llamaré más Jacobo, sino Israel, porque he luchado con Dios y con los hombres y he vencido. Entonces me darás la bendición y me anunciarás una descendencia numerosa como las estrellas del cielo.

—Por favor, déjame ir —escuchó decir. La única preocupación del extraño parecía consistir en marcharse lo más rápidamente posible de ahí. Se agitaba desesperado, boqueando como un pez al que han sacado del agua. La luz incipiente lo tenía fuera de sí. Kaplan, a su vez, manifestaba signos de agotamiento por el esfuerzo que le exigía la lucha.

—Bendíceme, ángel de Dios —dijo.

—¿Ángel de Dios?

—¿Acaso no eres el ángel de Dios?

—Qué ángel ni que ocho cuartos. Yo soy tu último aliento. Y cuanto más rápido me liberes, mejor será para ambos. Para ti, porque te ahorrarás una agonía larga y dolorosa, y para mí, porque evitaré el tormento que me causa la luz del sol.

Elías abrió los ojos y encendió la lamparilla al oír ruidos procedentes de la cama de su padre. Observó que el viejo se revolvía inquieto y acompañaba sus movimientos con gemidos débiles y agónicos. Al acercarse a la cama, vio con alarma que el rostro de su padre hallaba crispado en una mueca de intenso dolor. Olvidando que la habitación disponía de un telefonillo para emergencias, Elías salió descalzo a buscar una enfermera en la sala de guardia y en su angustiosa carrera no paró de pedir a gritos auxilio.

Kaplan apretó de nuevo el cuello de su contendiente y le dijo entre estertores:

—Bendíceme, aunque no seas el ángel de Dios.

—Y dale con la bendición. ¿A dónde quieres ir a parar? El ser humano está hecho de razón, moral e instinto, y la habilidad con que aprenda a combinar esos tres elementos serán su bendición o su maldición a lo largo de la vida. Todo lo demás son palabras huecas. En tu caso, Yánkel Kaplan, lo hecho, hecho está. Así que déjame marchar de una vez por todas. No tiene sentido que te esfuerces en retenerme. Dentro de unas horas te rezarán el *kadish* y en dos generaciones apenas habrá quien recuerde tu nombre.

—Bendíceme...

Aprovechando la debilidad extrema del anciano, el hálito realizó de pronto una hábil contorsión y se escurrió como una serpiente de entre los brazos de su captor. Jacobo Kaplan experimentó entonces una sensación de liviandad que nunca antes había conocido, y su rostro adquirió la tersura de la piel de un bebé, y los músculos de su cuerpo se distendieron, y una mueca parecida a una sonrisa le iluminó la cara. Ataviado con su pijama azul de rayas blancas, el uniforme de presidiario con el que tantas noches había deambulado por el mundo amargo de los sueños, Jacobo Kaplan descendió al *sheol*, lejos de toda vanidad y miseria, donde los difuntos se reencuentran con sus familiares muertos y vagan juntos y en silencio por los siglos de los siglos, amén.

Glosario de términos

ADÓN OLAM: (hebreo) Señor del Mundo. Comienzo de un cántico religioso.
AM ISRAEL JAI: (hebreo) El pueblo de Israel vive. Canción festiva.
BANDIT: (yídish) Bandido. Listillo.
BAR MITZVÁ (PL. BAR MITZVOT): (hebreo) Ceremonia en la que el varón judío llega a los trece años y obtiene la consideración de adulto en la congregación.
BESHANÁ HABÁ BIRUSHALAYIM: (hebreo) El año próximo en Jerusalén.
CURVE: (yídish) Puta.
DIE KLAINE: (yídish) El pequeño.
GROICE KLIG: (yídish) Muy inteligente.
GUEFILTE FISH: (yídish) Plato muy popular de la cocina judía ashkenazí. Consiste en pescado hervido y amasado en forma de hamburguesa. Se sirve frío.
GUELT: (yídish) Dinero.
GOY (FEM. GOYE; PL. GOIM): (hebreo, yídish) No judío, gentil.
HAVA NAGUILA: (hebreo) Nombre de una popular canción judía.
JAZÁN: (hebreo) Cantor de sinagoga.
JUPÁ: (hebreo) Palio nupcial.
KADISH: (hebreo) Oración fúnebre.
KAPO: (alemán derivado del italiano) Interno de un campo de con-

centración que trabajaba para los nazis en el control de otros presos.

KASHRUT: (hebreo) Normativa ritual sobre la alimentación.

KOSHER: (yídish; en hebreo, kasher) Comida que cumple las normas de pureza ritual.

LEJÁ DODÍ: (hebreo) Cántico para la recepción del *shabat*.

MALLS: (inglés) Grandes centros comerciales

MAGUÉN DAVID: (hebreo) Estrella de David.

MARIMBA (Colombia): Marihuana.

MAZEL TOV: (yídish) Buena suerte. Se usa como felicitación.

MEIN LIEBN: (yídish) Mi corazón.

MENTCH: (yídish) Muchacho. También: agradable, encantador.

MEZUZÁ: (hebreo) Señal de la alianza con Dios que los judíos acostumbran colocar en la jamba de sus puertas.

MODÉ ANÍ: (hebreo) Agradecido estoy. Comienzo de una oración matinal.

MOHEL: (hebreo): Encargado de circuncidar.

MONO: (Colombia) Rubio.

NOMBRE DE DIOS: (Colombia) Primer ingreso de la jornada del taxista.

PELAO: (Colombia) Muchacho.

PÓILISHE: (yídish) Polaquito, en este caso judío ashkenazi.

POTZ: (yídish) Mentecato.

REBE: (yídish) Rabino.

SABRA: (hebreo) Nativo de Israel.

SAIDE: (yídish) Abuelo.

SÉJEL: (hebreo) Mente, inteligencia.

SHABAT: (hebreo) Día de descanso judío, de la noche del viernes a la noche del sábado.

SHABAT SHALOM: (hebreo) Sábado en paz.

SHEOL: (hebreo) Lugar impreciso al que van las personas al morir.

SHMÁ ISRAEL: (hebreo) "Oye, Israel". Comienzo de la plegaria judía más solemne.

SHOIN: (yídish) Basta, déjalo.

SHVAK: (yídish) Calla.

SIMJAT TORÁ: (hebreo) Fiesta en que se cierra el ciclo de lecturas de los rollos sagrados y se deja iniciado un nuevo ciclo. Puede caer en septiembre u octubre.

TEJNIÓN: (hebreo) Prestigiosa universidad tecnológica de Haifa, Israel.

UMEIN: (yídish) Amén.

¿VUS IS DUS, AFRIKE?: (yídish) ¿Qué es esto, África?

WIZO (SIGLAS INGLESAS): Organización internacional de mujeres sionistas.

YAJNE: (yídish) Chismosa.

YID (PL. YIDN): (yídish) Judío.

YÍDISH: Idioma particular de los judíos ashkenazíes, nacido hacia el siglo XII en Europa centro-oriental. De fuertes raíces germánicas y tributario de diversas lenguas, se escribe en caracteres hebreos.

I PREMIO NORMA DE NOVELA PARA IBEROAMÉRICA

2005

El 22 de septiembre de 2005 en Cali, Colombia, un jurado integrado por Nélida Piñon, RH Moreno Durán y Eduardo Berti otorgó el **I Premio Norma de Novela** a *El salmo de Kaplan*, de Marco Schwartz.

ACTA DEL JURADO

Nosotros, Nélida Piñon, R.H. Moreno Durán y Eduardo Berti, en nuestra calidad de jurados designados para escoger el ganador del **I Premio Norma de Novela 2005**, y luego de haber observado estrictamente las normas del concurso, manifestamos que después de una deliberación en la que tuvimos que pronunciarnos sobre nueve novelas seleccionadas entre 621 presentadas, decidimos otorgar el **I Premio Norma de Novela 2005**, dotado con 30.000 dólares, a la novela *El salmo de Kaplan*, presentada bajo el seudónimo Abel y que resultó ser de Marco Schwartz.

El salmo de Kaplan despliega una trama inteligente y divertida, narrada de forma precisa e inquietante. El jurado no tuvo dudas acerca de la calidad literaria de esta novela y de la profesionalidad de su autor, al punto que decidió premiarla de manera unánime.

El Grupo Editorial Norma y la Asociación para la Promoción de las Artes —Proartes—, han instituido el **Premio Norma de Novela** como un reconocimiento a la difícil tarea de escribir, para los hombres y mujeres de las letras de Iberoamérica. Con este premio se pretende promocionar a todos aquellos escritores de habla hispana que, a través de una novela inédita, quieran contribuir al enriquecimiento del patrimonio cultural escrito.

El Premio Norma de Novela está dotado con 30.000 dólares, y la obra se publicará bajo el sello del Grupo Editorial Norma en América Latina y bajo el sello Belacqua en España, dentro de la reconocida colección **La otra orilla**, que tiene como una de sus más importantes directrices la publicación de las nuevas tendencias en la narrativa hispanoamericana.